国家出版基金项目
NATIONAL PUBLICATION FOUNDATION

★ 科学的天街丛书

灾难酿福祉

丛书主编/陈 梅　陈仁政

本书编著/陈 雪

——科学哲理故事

四川科学技术出版社

图书在版编目（CIP）数据

灾难酿福祉：科学哲理故事/陈雪编著. -- 成都：四川科学技术出版社，2019.1（2024.12 重印）

（科学的天街/陈梅 陈仁政主编）

ISBN 978-7-5364-9362-9

Ⅰ. ①灾… Ⅱ. ①陈… Ⅲ. ①科学故事-作品集-中国-当代 Ⅳ. ①I247.81

中国版本图书馆 CIP 数据核字（2019）第 018938 号

灾难酿福祉——科学哲理故事

ZAINAN NIANG FUZHI——KEXUE ZHELI GUSHI

丛书主编　陈　梅　陈仁政

本书编著　陈　雪

出 品 人　程佳月
选题策划　肖　伊　陈敦和　郑　尧
责任编辑　王　娇
营销策划　程东宇　李　卫
封面设计　小月艺工坊
责任出版　欧晓春
出版发行　四川科学技术出版社

成品尺寸　**160mm × 240mm**
印　　张　**14.75　字数 200 千**
印　　刷　天津旭丰源印刷有限公司
版　　次　2019 年 1 月第 1 版
印　　次　2024 年 12 月第 4 次印刷
定　　价　**49.80 元**
ISBN 978-7-5364-9362-9

邮购：成都市锦江区三色路 238 号新华之星 A 座 25 层　邮政编码：610023
电话：028-86361770

![云纹图案] 目　录

从蜂巢到"哈勃"
——"小错误"引出"大麻烦"

一场海难发生了。

一个数学家算错了角度。

这两件互不相干的事，有一个共同的罪魁祸首——印错了的对数表。

《知识就是力量》1956 年 7 期 37 页是这样谈到这次海难的："有趣的是，对数表的错误是完全偶然发现的———艘船遇难的时候，船长是根据这张对数表来计算经度的。"

正是"千里之差，兴自毫端"。中国南朝撰写《后汉书》的史学家范晔（398—445）的这句话，说明小错误的确可以引出大麻烦。

也就是这张印错了的对数表，使瑞士数学家塞缪尔·柯尼希（1712—1757）差点被冤枉。

原来，蜂房的角度是当时数学家们关心的一个问题，此前已经有不少人研究过。柯尼希计算出来的值，和此前巴黎天文学家马拉尔迪（1665—1729）说的值相差 2′。后来才发现，柯尼希计算的时候，就用了那种印错了的对数表！

小错误引出大麻烦的事例，在各个领域层出不穷。

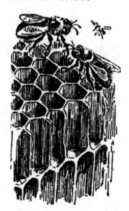

蜜蜂，你这次惹祸了

1990 年 4 月 24 日，一个天文学上值得纪念的日子。这一天，一个价值 15 亿美元、长 13 米、重 12.5 吨的大个子隆重升空。它就是著名的哈勃望远镜 HST——以 1929 年发现宇宙膨胀理论著称的美国天文学家埃德温·哈勃（1889—1953）的名字命名。

遗憾的是，HST 在"升天"之前就已经"疾病缠身"了。后来不得不对它进行多次"太空治疗"。它的疾病之一，是从设计能巡天遥看的"千里眼"，变成了鼠目寸光的"近视眼"。原因只是一个细节：磨制它直径 2.4 米的主镜面时使用的零件校准器中一个元件有 1 毫米的错位，使主镜面边缘比设计要求低了 2.7 微米。这 2.7 微米是多少呢？告诉您吧：一根头发丝的直径通常约 50 微米！

美国航天飞机"挑战者"号和"哥伦比亚"号，先后在 1986 年 1 月 28 日和 2003 年 2 月 1 日"机毁人亡"。其中前者是航天飞机史上的第一次重大悲剧。两次都有 7 个宇航员成了"陪葬品"。这两次悲剧的"导演"，不是什么"大人物"，也不是"重大错误"。前一次是一个密封圈破裂；后一次是外部燃料箱的一块隔热泡沫材料碎片脱落，这碎片击中了航天飞机的左翼，使热防护部件形成裂孔，导致超高温气体在航天飞机重返大气层的时候进入了机体。

1992 年，"长征二"号捆绑式大型运载火箭在西昌发射。点火几秒钟后，就冒出一股浓烟，火箭只是轻轻地颤了几下而没有升起。发射失败的原因，是在巴掌大的程序配电器上出现了一个

HST 在检修前（左）后（右）拍摄的星云照片，清晰度大不一样

像绿豆似的 0.15 毫克的铝质多余物——它使电爆管爆炸，让火箭的第一、第三助推器发动机关机而中断了正常工作。

忽略"小"，就要失"大"的情况，不仅发生在"天上"，而且发生在"地上"。

2005 年 2 月 15 日，法国戴高乐机场 2E 候机厅坍塌事故专门调查委员会表示，此前不久发生的 2E 候机厅坍塌的事故原因，仅仅是一个

细节被忽略——设计之初的"应对偶然性事故系数"不足。

2004 年 12 月 26 日，印度洋发生了大地震，引发大海啸，最终导致约 24 万人死亡。原因也是人们忽略了一个非常简单的细节：能量巨大的海啸，会让汹涌的海浪逐渐光临沿海各国，但各国都没有预警和采取诸如撤离海边的人员等应急措施。

可不能小看这海浪，它真的是能量巨大！1771 年，日本石垣岛附近因地震引起的海啸，浪高 90 米。1883 年 8 月 27 日，印尼爪哇附近的喀拉喀托火山爆发，引发了高 35 米、连续长 524 千米的

滔天海浪摧枯拉朽

巨浪。1958 年 7 月 9 日，由一个小山包的崩溃激起了世界上有记录以来的最高海浪——高 540 米，速度 160 千米/时，浪头席卷了阿拉斯加的利图亚湾。

世界最大的计算机芯片制造公司——美国的英特尔公司，近年来向市场推出最新一代"奔腾"微处理器。由于里面存在一个小小的错误，就让装有"奔腾"芯片的计算机的除法运算打了折扣——精确度略有下降。虽然这个小缺陷而导致的计算误差，出现概率微乎其微，但还是惹出了消费者投诉不断的大麻烦。

生活中有两种"小"——一种"小"是自始至终都"小"，另一种"小"是后来就要变"大"的小。我们的智慧就是要能区分这两种"小"，并及时有效地应对。

"先来"为何"后到"
——高斯和波尔约的非欧几何

在当年的奥匈帝国的小镇马洛斯发沙黑利的一座墓地里，躺着一位因肺炎辞世的"小人物"——德国数学家约翰·波尔约（1802—1860）。

波尔约

不过，"小人物"也有"时来运转"的时候。1894 年，匈牙利数学物理学会主持整修了这座被久久遗忘的墓地，并竖起了一座波尔约的石像。1905 年，匈牙利科学院颁发了以他命名的国际数学奖，法国数学家庞加莱（1854—1912）、德国数学家希尔伯特（1862—1943）和爱因斯坦等名流大家，都得到过这个奖项。1960 年，世界和平理事会为他逝世 100 周年举行了纪念仪式，并以他的名字设立了一种数学奖。他的"附录"，则被列入世界第一流的科学经典而与世长存。

人们对待波尔约，前后为什么有这么大的反差呢？

"有几何兮，名为非欧，自己嘲笑，莫名其妙！"

这是中国数学家苏步青（1902—2003）翻译的嘲讽非欧几何的一首小诗。诗的"原创"是德国思想家和文学家歌德（1749—1832）——他在传世名著《浮士德》中就用这首诗嘲笑非欧几何，矛头直指俄国数学家罗巴切夫斯基（1792—1856）。

俄国的罗巴切夫斯基是怎么"惹"了德国的歌德呢？

1826 年 2 月 23 日（俄国当时还在用的旧历是 11 日），罗巴切夫斯基在喀山大学物理－数学系学术会议上，首次宣读了他的论文《几何学原理的扼要阐释及平行线定理的一个严格证明》。这一天，被公认为是非欧几何的诞生之日，这个"天"和"地"，就是他的非欧几何——"惹"了歌德和许多人的非欧几何。

罗巴切夫斯基

那非欧几何为什么会"得罪"这么多人呢？

在欧几里得几何即平面几何中，空间是平直的，两条平行线永不相交，圆周长与直径之比永远是 $\pi \approx 3.14$，三角形内角之和为 $180°$……

在罗巴切夫斯基的非欧几何中，空间则是弯曲的，一条直线至少有两条过该直线外某一点的平行线，圆周长与直径之比是一个变数，三角形的内角之和永远小于 $180°$，等等。

欧氏几何和非欧几何各在一定的范围反映了现实空间的特性。在常人活动的区域，更接近欧氏的平直空间；但在星际大空间，非欧几何则往往可以更好地反映它的特性，所以现在许多人都乐于采用非欧几何为宇宙的模型。事实上，两种几何并无矛盾——把宇宙看成边长无限的正方体和半径无限的球体，并没有任何不同。

希尔伯特说："19 世纪最有启发性、最重要的数学成就是非欧几何的发现。"非欧几何不但是一场数学革命，而且是一场思想革命，它迫使数学家和物理学家们从根本上改变对数学性质和物理世界的理解，深刻地揭示了空间与物质世界的关系。

可是，这"气质美如兰"的非欧几何和"才华馥比仙"的罗巴切夫斯基，却因打破了几千年来"平直空间"的传统思维而"天生成孤僻人皆罕"。于是"无瑕白玉遭泥陷"的结果——如歌德的讽刺，就无法避免了。

歌德没有专门从事数学研究，讽刺非欧几何倒不足为奇，但另一

位德国大数学家高斯（1777—1855）对非欧几何
的态度，就发人深省了。

高斯

高斯在罗巴切夫斯基之前的 1816 年，就基
本确立了非欧几何；但是，他不但不敢公开发
表，而且不敢赞同它。才华横溢的高斯为什么会
如此胆小呢？

原来，高斯自 1796 年解决了著名的正 17 边
形作图及这类作图问题后，随着在数学方面成绩
越来越大，名气也越来越大。他背上了名人和名
气的包袱，怕有悖于常理的非欧几何，被已根深
蒂固信奉欧几里得几何的欧洲数学家们嘲笑。用
他写给好朋友——德国数学家兼天文学家贝塞尔
（1784—1846）信中的话来说，是怕"黄蜂就会
围着耳朵飞"，并会"引起波哀提亚（古希腊一
个以愚蠢著称的部落）人的叫嚣"。

贝塞尔

高斯的胆小，还对另一位非欧几何的创立者波尔约造成了巨大的
伤害。

1823 年 11 月 3 日，在军队中任职的波尔约写信给父亲说："我已
经白手起家创造了另一个新奇的世界。"这个"新奇的世界"，就是非
欧几何。1825 年，他的非欧几何已基本完成，于是请求父亲帮助发表，
但父亲并不相信儿子的那套理论，拒绝了儿子的请求。经过再三请求，
后来在 1831 年，波尔约的论文才作为附录，发表在他父亲的著作《对
青年学生进行初等数学和高等数学入门教育的试验》第一卷中，题名
为《绝对空间的科学》。

"附录"的打样及一封信，曾于 1831 年 6 月寄给高斯，以征求高
斯的意见，但不幸在途中遗失。1832 年 1 月再寄去一份，高斯收到信
和"附录"后非常吃惊。同年 2 月 14 日，高斯给波尔约的父亲回信
说，波尔约具有"极高的天分"；但却又说他不能称赞这篇论文，因为

"称赞他等于称赞我自己，因为这一研究的所有内容，你的儿子所采用的方法和所达到的一些结果几乎全部和我在30～35年前已开始的个人思路相符合"。高斯还表示"关于我自己的著作，虽只有一小部分已经写好，但我的目标本来是终生不想发表的"，因为"大多数人对那里所讨论的问题抱着不正确的态度"，因而"怕引起某些人的喊声""现在，有了老朋友的儿子能把它发表出来，免得它同我一起被湮没，那是使我非常高兴的"。

高斯很可能做梦也没料到，他的这封推心置腹的信竟一举扼杀了一颗初露光芒的数坛新星波尔约！

原来，高斯虽然口头赞赏波尔约，但却没有任何支持的实际行动，这已经使波尔约感到十分失望。更为悲惨的是，不知情的波尔约还误以为高斯这位"贪心的巨人"企图剽窃他的成果，或者有意抢夺他创立非欧几何的优先权。为此，他悲愤交加、痛心疾首、抑郁寡欢，严重地阻碍了他的进一步研究，身体也受到损害。当他在1848年看到罗巴切夫斯基于1840年用德文写的、载有非欧几何成果的小册子《关于平行线理论的几何研究》之后，更加恼怒。继而，波尔约怀疑人人都与他作对，决定抛弃一切数学研究，发誓不再发表任何数学论文。

最后，波尔约便一直"悄无声息"，直到躺在马洛斯发沙黑利的那座墓地里……

于是，有了我们"先来"的高斯和波尔约，反而比罗巴切夫斯基"后到"的故事。

可是，"青山遮不住，毕竟东流去"，随着非欧几何被公认，波尔约也撩开岁月的云烟，走进你的心中，我的心中……

从高斯对待自己创立的非欧几何和波尔约的这一重大失误中，我们可以看到事物多重性的哲理：名人和名气既可提供各种方便，也可成为缩手缩脚或墨守成规的包袱。这也就不难理解历史上许多重大成果，不是由"名人"而是由"小人物"得出来的现象了。因此，名人应摒弃名利为先的思想，把个人得失置之度外，方能再立新功。

罗巴切夫斯基比高斯和波尔约更"勇者无敌"。他在嘲笑、攻击、压制面前仍坚信自己的学说的正确性，继续发展自己的学说，直到生命的最后一息。他不但为我们留下非欧几何这一宝贵遗产，还留下了不怕孤立、打击，坚持真理的大无畏精神和勇于解放思想的创新精神。"勇者"才能"无敌"，是我们从罗巴切夫斯基这里得到的又一个哲理。这也应了牛顿的名言："没有大胆的猜测，就不会有伟大的发现。"

连续函数可微吗
——持续近百年的谬误

19 世纪初以前的数学家，无一不认为连续函数至少在某些点是可以微分或求出导数的。

这一持续近 100 年的谬误，终于得到了纠正——德国数学家魏尔斯特拉斯（1815—1897）于 1872 年 7 月 18 日在柏林科学院的一次讲演中，做出了一个处处连续但又处处不可微分的连续函数：

魏尔斯特拉斯

$$f(x) = \sum_{n=0}^{\infty} b^n \cos(a^n \pi x),$$

其中 x 为实变数，a 为奇整数，$0 < b < 1$，$ab > 1 + (3\pi/2)$。

从此以后，人们构造出了更多的这类函数。

不过，最早做出这种构造的，却是捷克斯洛伐克数学家兼哲学家波尔查诺（1781—1848）。1834 年，他就在一本没有写完的《函数论》书中构造出了这样的函数；不过，不是用解析式，而是一条曲线。他的原稿在 1920 年被发现，1930 年才发表。因此，他的发现当时并没有产生影响，而魏尔斯特拉斯的发现的影响要大得多。

波尔查诺

他们为什么要做这方面的研究呢？

原来，自从微积分发明以后，人们发现还有很多不完善的地方，英国大主教贝克莱（1685—1753）等也提出了强有力的诘难，于是"第二次数学危机"爆发了。

要克服这次"危机"，有许多工作要做。波尔查诺和魏尔斯特拉斯，就是在做这些工作的过程中做出上述发现的。把微积分的重要概念建立在极限理论的基础上并首次做出严格叙述的，就是波尔查诺。在1817年出版的《纯粹分析的证明》一书中，用类似现代方法给出连续函数定义的，也是波尔查诺。在1834年做出前述不可微函数的时候，首先指出连续性和可微性是不同概念的，还是波尔查诺。1841—1856年，中学教师魏尔斯特拉斯就给出了今天大学数学分析教科书中一直沿用的连续函数的定义。1856年，他又在柏林大学的一次讲演中首次将" $\varepsilon-\delta$ "语言用于微积分，这标志着这一学科算术化的完成。这种语言及用它求导数的"三部曲"法，沿用至今。

魏尔斯特拉斯构造出反例和此前数学家们的谬误，给我们揭示了许多深刻的道理。

首先，科学是在一定条件下和一定时代的产物。在魏尔斯特拉斯之前，人们不可能认识到连续函数并不全都可微。即使波尔查诺早20多年把他的作品发表出来，也不会为大多数的数学家接受。因为，当时几乎所有数学家都笃信并试图证明，除个别特殊点，连续函数一定可微。只有人们在这种证明屡遭失败而对此产生怀疑的时候，才会反思，才有魏尔斯特拉斯的、立即被多数人接受的成果。

其次，人们不再轻信几何和运动的直观了。不可微的连续函数，从几何上来看，是在任何点上无切线的连续曲线，这似乎是不可思议的。这种几何直观就是数学家们失误的原因。当魏尔斯特拉斯给出处处不可微的连续函数的时候，直觉主义者德国数学家克罗内克（1823—1891）就激烈反对。他认为，数学的对象及真理并不能脱离数学的理性或直觉而独立存在，它们应该通过理性的活动或直觉的活动直接得到。魏尔斯特拉斯却是直觉主义的坚决反对者，所以他得到前述成果并不是偶然的。美国数学家、数学史家霍华德·伊夫斯

（1911—2004）认为，这一成果"对于在分析研究中运用几何直观的人简直是一场暴风"。这场暴风之后，人们不再轻信并不完全可靠的"直观"了。

再次，加强了反证法在数学命题证明或否定中的地位。有人认为，数学就是由证明和反例组成的，数学发现的主要目的就是提出证明和发现反例——构造反例几乎是在数学中反驳某些命题的唯一方法。

最后，进一步加强了人们对数学严格化的必要性的认识，极大地推动了分析基础的发展。例如，从连续性可推出可微性的思想就被否定。

壮年为何不及老年
——砍柴与数学攻坚

在日本，有一位不断变换棋风的"常胜将军"——著名围棋高手升田幸三（1918—1991）。

"您在棋坛保持常胜的秘诀是什么？"有人问升田——敢在第二次世界大战日本战败之后只身一人闯入美军基地，与美军军官们争论围棋存废问题，就是他的传奇故事之一。

升田幸三

升田没有立即回答，而是慢条斯理地讲了下面这个耐人寻味的小故事。

"我很小的时候，非常敬佩自己的父亲——他有一身好力气。我常常跟着靠砍柴为生的父亲，进山砍柴。

"后来，我发现有一位60岁的老伯也常常到山里砍柴。因为年老体弱，老伯走得很慢，中间还不时地停下来歇息一会儿。令我很诧异的是，老伯每次砍的柴，总是比我父亲的要多一些。

"一天，我仔细地比较了父亲和老伯的砍柴方法，才揭开了其中的秘密——父亲总是朝一处用力砍，而老伯是围着树砍；在遇到有坚硬树节的时候，父亲总是竭力避开树节，斧子却常常被卡住，而老伯却总是从有树节的地方开始下手。

"父亲和老伯为什么要从不同的地方下手呢？原来，在人们传统的观念中，没有树节的地方比有树节的地方更软，更容易被砍断。实际上，有树节的地方虽然硬一些，但是却更容易折断——找准其脆弱点，稍加用力就可以砍断。

"这件事给了我最深刻的启示，就是要努力地打破习惯的思维定式，在许多别人视为不可能的地方大胆尝试，找到创新的途径，敢打'攻坚战'。"

"敢打攻坚战"，这也是科学上的取胜之道。

100 多年前，就有一位敢打攻坚战的德国数学家。

埃尔米特

1873 年，法国数学家埃尔米特（1822—1901），证明了自然对数的底 e 是超越数。这位因腿脚不好，一生总是拄着拐杖的埃尔米特因此名噪一时。他的证明在数学界引起了巨大的反响，也炒热了古老的难题——圆周率 π 是否也是超越数？

面对这个更坚硬的"树节"，有人曾要埃尔米特继续"攻坚"，但是他却不敢再去尝试解决这个难题，就婉言拒绝了。他说："我可不想自找麻烦，去证明 π 是否为超越数。如果有人要去尝试，我衷心祝愿他们成功；但先要声明一下，他们一定会吃尽苦头的。"

您还甭说，真有想"吃尽苦头"，敢去砍"硬树节"的人——德国数学家林德曼（1852—1939）。

1882 年，"吃尽苦头"的林德曼终于渡过"苦海"，砍断了"硬树节"——借助于瑞士数学家欧拉（1707—1783）的著名公式 $e^{i\pi}+1=0$，证明了 π 是超越数。

林德曼

有趣而具有讽刺意味的是，林德曼的方法与9 年前埃尔米特的方法好似一对双胞胎。埃尔米特知道以后，非常高兴——也为当初没有勇气去砍"硬树节"而感到遗憾。

　　林德曼的同胞克罗内克（1823—1891），曾在 1882 年写信给林德曼说："你把 π 研究得非常透彻，但那又怎样？既然无理数不存在，你又何必去钻研这种问题？"

　　看来，林德曼不但有"偏向虎山行"的胆量——敢砍"硬树节"，而且还有"任凭弱水三千，我只取一瓢饮"的专一。

　　科学就"怕"这种人，爱因斯坦也很欣赏这种人。

　　一次，菲利普·弗兰克（1884—1966）对爱因斯坦说，有一位物理学家因坚持研究一些非常困难的问题而成绩不大，但却发现了许多新问题……"我尊敬这种人。"爱因斯坦感叹地回答说，"我不能容忍这样的科学家，他拿出一块木板来，寻找最薄的地方，然后在容易钻透的地方钻许多孔。"不过，敢砍"硬树节"的爱因斯坦，在晚年却没有砍断"建立统一场论"这个"硬树节"，就去了天堂。

　　这位弗兰克是出生在维也纳（当时属于奥匈帝国）的美国物理学家、数学家、哲学家，在爱因斯坦推荐下担任过位于布拉格的查理 - 费迪南德大学（Charles - Ferdinand University）教授（从 1912 至 1938 年）。他出版过名著《真理是相对的还是绝对的?》（*Wahrheit - Relativ oder Absolut*?）。

　　敢砍"硬树节"是一种勇气，有时会成功，但有时也会失败。有时，砍"硬树节"还是一种智慧——离成功就不远了的智慧。

"劣势"—"优势"
——庞加莱和倪娣雅

"快跟我来！"

一个盲女孩牵着一群视力正常的人，不慌不忙地向安全处走去……

说错了没有啊——盲人能牵着视力正常的人？

公元79年8月24日中午，意大利的庞贝城突然"返白昼为昏黄"——附近的维苏威火山猛然大爆发，让庞贝城笼罩在浓烟和火山灰之中，昏暗如午夜，漆黑得伸手不见五指。惊慌失措的居民们四散奔逃，寻找生路，但却不知"路在何方"。

维苏威火山大爆发

此时，庞贝城里的卖花盲女孩倪娣雅却镇定自若——她知道"路在脚下"。

倪娣雅有什么"绝招"呢？

原来，虽然倪娣雅双目失明，但却并不自怨自艾，也没有垂头丧气在家中"闭门思过"，而是像常人一样靠劳动自食其力——卖花。倪娣雅多年走街串巷在城里卖花，对地形的熟悉使她可以不用眼睛就能安全如常地行走。到了"大限来时"，她就能化险为夷了。

倪娣雅的"劣势"，这个时候反而成了"优势"——靠着灵敏的触觉和听觉找到了生路。残疾成了她拯斯民于"黑暗"的财富——她在火山灰彻底埋葬庞贝城之前，救出了许多人。

你看，有正常视力的居民们的优势，这时反而成了劣势——他们没有在黑暗中进行过这样的"实战演习"。

这个"劣势—优势"的故事，可以在《庞城末日》这本书中找到。

"挣扎过，才懂得破茧成蝶的壮丽；迂回过，才珍惜水到渠成的通畅。"在此时，我们要把它献给倪娣雅。

破茧成蝶的壮丽还可以在生物界找到另一个范例。蚌因身体内嵌入了砂粒，伤口的刺激使它不断分泌物质来疗伤，到了伤口愈合时，

"昏黄"之中人们四散而逃

旧伤处就出现了一颗晶莹的珍珠。于是我们的成语库中，就增加了"蚌病成珠"。其实，哪粒珍珠不是由痛苦——就像破茧的蝶那样——孕育而成的呢？

上苍真的很公平，命运在向倪娣雅关闭一扇窗的同时，又为她开启了另一扇窗。世上的任何事物都具有多面性，我们看到的常常只是其中的一个侧面，这个侧面让人痛苦，但痛苦却往往可以转化为绚烂的结果。

生活也真的很公平，缺陷可以将人的志气磨尽，也能让人出类拔萃—— 一切都看你自己。

美国精神病学家、斯坦福大学医学院的医学博士戴维·伯恩斯（1942— ），在 1989 年出版的《好心情手册》 （*The Feeling Good Handbook*）一书中，有下面的解释。

"让我举个例子，来说明你的想法如何影响你的心情。假若我对你说：'我非常喜欢你。'你会如何感觉呢？你也许会高兴，也许会难过，也许会尴尬，也许会生气。

"为什么你的感觉如此不同呢？这是因为你可能用不同的方式来理解我的称赞。假如你难过，你一定这样想：'噢，伯恩斯医生只是想让

我高兴，那不是他的真实想法。'假如你生气，你可能想：'他在奉承我，有求于我，为什么他要这样虚伪呢?'假如你高兴，你就会想：'瞧，伯恩斯医生喜欢我，真是太好了!'

"在这里，客观的事实——我的称赞，并没有改变，你的感觉完全来自于你如何理解它。这就是我要表达的意思：你的想法改变了你的心情。

"其实，一句民谚就概括得好：'感觉好，不好也好；感觉不好，好也不好。'佛学也说：'境由心造，烦恼皆由心生。'"

此时，我们想起了庞加莱（1854—1912）的故事。

庞加莱是法国著名的数学家、物理学家和天文学家。5岁时被白喉病折磨了9个月之后，就留下了喉头麻痹的后

庞加莱：书籍不但是"全世界的营养品"，还是治病的"万能药方"

遗症。疾病使他长期身体虚弱，缺乏自信。由于没法和小伙伴玩剧烈游戏，只好另寻乐趣——读书。

在广阔的书海中，庞加莱的心灵得到了"《好心情手册》式"的陶冶，天资通过良好的家教和自我锻炼逐渐显露出来。读书增强了他的空间记忆（视觉记忆）和时间记忆能力。他视力不好，看不清老师在黑板上写的东西，只好全凭耳朵听，这反倒增强了他的听觉记忆能力。这双"内在的眼睛"使他后来受益匪浅——能在头脑中完成复杂的数学运算，迅速写出论文而不必做大的修改。

最终，残疾的庞加莱成了19和20世纪之交的科学界领袖级人物，在数学、物理学和天文学等领域都有重大贡献。1906年当选为巴黎科学院院长，就是对他的肯定。

倪娣雅和庞加莱的故事，印证了"劣势—优势"这个哲理——身

体的缺陷，有时也是优势。

其实，每个人都是有缺陷的。这正如一句名言所说："世上每个人都是被上帝咬过一口的苹果，都是有缺陷的。有的人缺陷比较大，因为'上帝'特别喜欢他的芬芳。"一位从小双目失明的孩子，在这句名言的激励之下，抛弃了往日的烦恼和绝望，在多年的努力之后，他成了一位德艺双馨的推拿按摩师。"上帝"知道这件事之后，笑着说："我很喜欢这个美丽而睿智的故事，但是，要声明一点：所谓缺陷是指生理上的；那些有道德缺陷的人是烂苹果，不是我咬的，是虫蛀的。"

没伞的人不怕雨
——缺陷面前的莱夫谢茨和萨姆纳

张、王、李三人一同住进了一家旅店。早上出门的时候，张拿了一把伞，王拿了一根拐杖，李什么也没拿。

晚上回来的时候，张淋得浑身是水，王跌得满身是伤，而李——安然无恙。

张、王很纳闷，问李："你怎么会没事呢？"

李没有立即回答，而是问张："你为什么会被淋湿而没有摔伤呢？"

"当大雨到来的时候，我因为有了伞，就大胆地在雨中走，却不知怎么就被淋湿了；当我走在泥泞坎坷的路上的时候，因为没有拐杖，所以走得非常仔细，专走平稳的地方，没有摔伤。"张回答说。

然后，李又问王："你为什么没有淋湿而是摔伤了呢？"

王回答说："当大雨来临的时候，我因为没雨伞，就拣能遮雨的地方走，所以没有淋湿；当我走在泥泞坎坷的路上的时候，我就用拐杖拄着走，却不知为什么摔了几跤。"

"这就是为什么你们拿伞的淋湿了，拿拐杖的跌伤了，而我却安然无恙的原因，"李听了他们的回答之后，哈哈大笑说，"下大雨的时候，我躲着雨走；路崎岖的时候，我小心翼翼，所以我没有淋湿也没有摔伤。你们的失误就在于你们有凭借的优势——有了优势就少了忧患。"

许多时候，我们不是跌倒在自己的缺陷上，而是栽在自己的优势上。因为缺陷能给我们以警醒，而优势却常常使我们忘乎所以。明白了这个缺陷和优势的辩证关系，就懂得了又一个深刻的哲理。

许多科学家都是避开缺陷，才取得成功的。出生在莫斯科的美籍数学家所罗门·莱夫谢茨（1884—1972），就是其中的一个。

代数拓扑学是主要用代数工具来解决问题的一个数学分支。1930 年，莱夫谢茨出版了《拓扑学》一书，并在 1942 年修改为《代数拓扑学》。代数拓扑学这个名称，就首先出现在这本书中。

莱夫谢茨

莱夫谢茨在巴黎长大，1902 年进入巴黎中心学校学习。1905 年，他在这所学校毕业并获得"工艺制造工程师"学位，同年移居美国。他先后在鲍尔温机车工厂、位于匹兹堡的威斯汀豪斯电力与制造公司工作，先后出色地担任了见习工程师或工程师。

然而，在 1907 年，人生的"阴天"来了——莱夫谢茨在一次工业事故中永远失去了双手。这使他"阳光般"的工程师事业戛然而止。

在医院治疗期间，莱夫谢茨思考着将来如何克服失去了双手的缺陷，结果对人生的道路进行了重大"战略转移"——"真正的道路不是工程而是数学"。

对失去双手的莱夫谢茨来说，虽说数学比工程相对容易一些，但从头攻读数学也绝非易事——必须付出超出常人的劳动，战胜数不清的困难。

新的"数学生活"，从复习巴黎中心学校听过的数学课开始，然后是攻读数学的"大部头"——例如三卷本的《分析教程》。它由当时教他分析学的老师——法国数学家查尔斯·埃米尔·皮卡德（1856—1941）编著。

1910 年 5 月，莱夫谢茨和大学"第二次握手"——进入马萨诸塞州伍斯特的克拉克大学读研究生。在"第一流的图书馆员"威尔森（L. N. Wilson）博士、"管理完善的数学图书馆员"斯托利（W. E. Story）等"老师"的指导下，他次年 6 月就获得了数学博士学位。

从 1911 年开始，莱夫谢茨先后在美国的多所大学任教和独立进行数学研究，最终在代数几何学、代数拓扑学、微分方程与控制论这三个数学领域，做出了重大贡献。

莱夫谢茨在普林斯顿大学工作了 30 年，使这里发展成了国际性的数学中心，许多大数学家也从这里"走向世界"。

1935—1636 年，在国内外享有崇高荣誉和众多头衔的莱夫谢茨，被选为美国数学会主席。1984 年，世界各地的 100 多名数学家云集墨西哥，为他 100 周年诞辰召开了纪念大会。

萨姆纳

当然，莱夫谢茨能成为世界第一流的数学家，也有 1911 年 6 月在克拉克大学第一个拿学位的女数学家——他的妻子海丝（A. B. Hayes）的帮助。残废不久戴着假肢的莱夫谢茨，在克拉克大学结识了海丝，于 1912 年（莱夫谢茨获得美国国籍之后的次年）6 月，他俩就喜结秦晋。没有海丝的全力相助，他难以克服工作、生活与旅行中的重重困难而成为数学大家。

和莱夫谢茨一样有残疾的，还有一位美国生物化学家——失去一只手的詹姆斯·巴彻勒·萨姆纳（1887—1955）。

从小就有超人天分的萨姆纳出生在美国麻省坎顿城的一个富有之家，但是，富有家庭望子成龙的希望，却一时成了水月镜花——他除了喜欢物理和化学，对其他课程没有兴趣，学习成绩停留在中下水平。

人生偶然的转机来了——但不是"福"，而是"祸"。

17 岁那年，萨姆纳和好友一起去打猎的时候，一位朋友的猎枪不小心走了火，意外地击中他的左臂。由于伤势严重，医生不得不切除了他的左肘关节以下的半条胳膊。萨姆纳从此变成了一个残疾人。

无情的现实深深地摧残着萨姆纳的心灵——使他灰心丧气、意志消沉，觉得这一生都被毁了，但不久，他终于从绝望中挣扎出来，认真地思考自己的人生道路，决心正视现实，勇敢地去面对未来。

萨姆纳开始学着用右手去做许多事，甚至坚持打网球，还去溜冰和滑雪，以增强体质和磨炼意志。同时，他对物理和化学更热爱了，简直成了一个"物理和化学迷"。

靠着自己超常的毅力和不懈的努力，萨姆纳在1906年考进美国哈佛大学，4年后在化学专业毕业。1914年，他获得哈佛大学哲学博士学位后，到康奈尔大学医学院当了助理教授，向出生在瑞典的美国著名生物化学教授奥托·克努特·奥洛夫·福林（1867—1934）求学。

福林很佩服这位独臂年轻人的勇气，但鉴于他的身体缺陷，只好惋惜地劝他去攻读法律等文科类的专业。萨姆纳的回答是："不，我要攻读生物化学。"萨姆纳的倔强与执着，"征服"了所有的人——包括在刚开始的时候怀疑和嘲讽他的人，他也在1929年成为康奈尔大学的教授，并最终打开了通向化学更高层次的大门。

…………

因为"发现结晶酶"的重大成果，萨姆纳在1946年用仅有的一只手领取了诺贝尔化学奖。另外两个美国生物化学家斯坦利（1904—1971）和诺斯罗普（1891—1987），也因"对酶的研究"和他共享这个殊荣。

斯坦利　　　　　诺斯罗普

萨姆纳这样说："科学的进步不值得我们大惊小怪，怪只怪有的人在这科学日新月异的时代踟蹰不前……"

薇拉和娜捷日达的《春燕》
——柯尔莫哥洛夫怎样成才

什么是人才，怎样培育人才？下面的柯尔莫哥洛夫（1903—1987）的成才之路也许能给我们以启示。

柯尔莫哥洛夫是一位苏联数学家。1933 年，他把概率论建立在集合论的基础之上，完成了现代意义上严格完整的概率论公理体系，成为现代概率论的开拓者之一。

柯尔莫哥洛夫

出生后 10 天就失去母亲的柯尔莫哥洛夫，是被他的两个姨妈薇拉（Вира）和娜捷日达（Надежда）收养长大的。她们努力引导他对书本和自然的兴趣，开拓他的好奇心，例如，带他到田野和森林去旅游，采集植物标本，给他讲花草树木、星星和宇宙演化的故事，讲安徒生童话……

薇拉和娜捷日达为了适应当时的新教育模式，还办了一个由 10 个不同年龄的孩子组成的家庭学校，办了名为《春燕》的家庭杂志。不同年龄的孩子相互交流，讨论形形色色的问题，不但有"小科学院"的气氛，还是"大社会"的一角。两个姨妈大胆使用"人才"——让年仅五六岁的柯尔莫哥洛夫负责《春燕》的数学部分，培养他对数学的兴趣，激励他的数学才华。

薇拉和娜捷日达的家庭教育，使柯尔莫哥洛夫受益终生。对此，他在 1963 年发表的《我是如何成为数学家的》文章中说："在五六岁的时候，我就领受了数学'发现'的乐趣。我观察到了 $1 = 1^2$，$1 + 3 = 2^2$，$1 + 3 + 5 = 3^2$，$1 + 3 + 5 + 7 = 4^2$，等等。我的发现发表在《春燕》上。在那里，还发表了我编的一些数学问题。例如，要固定一个有 4 孔的扣子，至少要用线缝合两个孔，问有多少种不同的固定方法？"

家庭学校的这些孩子，还参加农庄的劳动，收集柴禾，自己缝扣子等等。

这些被激励的"小小幼年"，就这样成才了："神童"柯尔莫哥洛夫最终成了 20 世纪最伟大的数学家之一……

如何才能成才？虽然我们还没有确定而完整的"标准答案"，但是至少可以问自己，是不是抓住了那些不可多得的机会？此时，法国大文豪雨果（1802—1885）的话，或许能启示我们："人生下来不是为了拖着锁链而是为了展开双翅。"

看到书背后的东西
——华罗庚这样读书

"应该怎样学会读书呢？我觉得，在学习书本上的每一个问题，每一章节的时候，首先不只看到书面上，而且还要看到书背后的东西。"

中国数学家华罗庚（1910—1985）是从自学开始，然后走上成才之路的，他的读书和治学经验异常丰富。1961年秋在中国科学技术大学的开学典礼上，他向青年学生们介绍自己的读书经验时，这样说。

华罗庚

"书背后"还有"东西"吗？华罗庚究竟要青年学生们看到书背后的什么东西呢？

"对书本的某些原理、定律和公式，我们在学习的时候，不仅应该记住它的结论，懂得它的原理，而且还应该设想一下人家是怎么想出来的，经过多少曲折，攻破多少关键，才得出这个结论。"华罗庚对此做了进一步的解释，"而且还不妨进一步设想一下，如果书本上还没有做出结论，我自己设身处地，应该怎样去得出这个结论？"

法国思想家伏尔泰（1694—1778）说："多读书而不假思索，你会觉得自己知道得很多，当你读书而又思考得越多的时候，你会越清楚地看到，你知道得还很少。"华罗庚的读书经验和伏尔泰的这个观点，虽然说话的目的不同，但在读书应该"多思考"这一点上，却有异曲同工之妙——书，不但要用眼睛读，而且要用脑子"读"。

浅尝辄止到最后，就是收获不丰甚至两手空空——这就是读书的哲理。

一般青年人读书，很容易犯急躁的毛病，拿起一本书三下两下就看完了。乍看起来，似乎读书不少，但一到"应用"的时候，就因为当初"消化不良"而不能"自如"了。华罗庚提出的"要看到书背后的东西"，这对我们很有裨益。

实证主义的创始人、现代社会学之父、现代意义上的科学哲学家、法国实证主义哲学家孔德（1798—1857）在40岁的时候就宣布，他将不再阅读新书。这也许是更"极端"的"多思考"——与其多食不化，不如吃一点消化一点。虽然具体情况不一定相同的我们，不是非得仿效孔德，但也看得出"思考"对于读书的重要性。

其实，读书有三个层次——非我、忘我和有我。要完成"非我—忘我—有我"的升华，必须要"多思考"而"看到书背后的东西"。否则，你从"全世界的营养品"里面，得到的"营养"就很少。

虽然人们读书的目的并不完全相同，但可以归纳为三种："应用""探索"和"娱乐"。显然，上面提到的三个层次，仅仅适用于为了"应用"和"探索"而读书的人们。对为了"娱乐"消遣而读书的人们，就不必为这三个层次而读得太累了——想看就看，想停就停，不必记忆，无须思考……

"书籍是全世界的营养品。"这是英国大文豪莎士比亚（1564—1616）"营养全世界"的名言。当然，书本是前人的总结，因此我们还不能"停滞于书本，止步于校园"——更多的奥秘还在"向前看"的探索之中。

小个子打败大个子
——牛顿"启发"苏步青

浙江省平阳县城的县立第一高等小学校，是平阳县的"最高学府"。在这里读书的，多数是纨绔子弟，他们衣着入时，神气十足。9岁入学的苏步青（1902—2003）穿的则是一身土布衣服，人又矮又瘦，像是"穷瘪三"，经常遭到那些"小少爷"的奚落和侮辱。

连续三学期。苏步青的学习成绩都是全班的最后一名。

苏步青的父亲知道儿子的学习成绩后，并没有太多的责怪。他相信只要管教得好，儿子一定能学好功课，就把儿子转到离家七八千米的北港镇新办的平阳县立第三高等小学校。苏步青在这里读了两年，直到小学毕业。

苏步青

苏步青认为很值得记忆——广泛流传的"从'背榜'到'头榜'"的故事，就发生在此时。

刚转学不久，教国文的谢老师看了苏步青的作文本后，就起了疑心："这样的好文采，三学期的背榜生能写得出来？"可他不知道，苏步青从小就在牛背上苦读文学书籍，已经给作文打下了厚实的基础。

谢老师用怀疑的口吻问苏步青："这篇作文是你写的？"

苏步青一听，心里虽然明白谢老师疑心他抄袭，但还是有礼貌地回答："谢老师，这篇作文是我亲手写的。"

"你是怎么写的?"谢老师继续追问。

"我不都写在上面了嘛!"苏步青犟头倔脑地回答。

这下子,把谢老师惹火了,他训斥道:"你这个背榜生,能写出这篇作文来?肯定是从哪里抄来的。"话刚落音,就拿起红笔,顺手批了个"毛"字——作文写得差的意思。

这一来,苏步青也冒火了。他狠狠地把作文本摔到一边:"我好也不好,还学个啥?从今天起,国文课不上啦!"他说到做到,每上国文课的时候,他总是不到教室去,一个人躲在清静的地方看课外书。一个学期下来,又得了个背榜。第二学期,还是倒数第一。

学校的地理老师陈玉峰,看在眼里,急在心上。一天,他把苏步青叫到身边,深情地对他说:"父母亲在家省吃俭用,把你送到学校读书,像你这样,年年背榜,能对得起父母吗?"

这话打动了苏步青。话音刚落,只见苏步青的眼泪就扑簌簌落下来了。他想起为了他能来上学,父母和姐姐在家喝粥吃番薯干,把大米省下来交学费;他还想起母亲在昏暗的油灯下为他缝补衣服……

陈老师等苏步青哭过以后,还给他讲了一个牛顿在小学的故事。

12岁那年,生长在农村的牛顿,被送进格兰瑟姆的文科中学——金格斯中学读书。开始,他的学习成绩也不好,周围同学总要欺负他这个"乡巴佬"。

13岁的时候,一次牛顿做了一架精巧的水车,和同学们一起到附近的小河试验。水车在河水的冲击下成功地转动起来,大家拍手叫好。但一个成绩优秀的大个子同学,却找碴问牛顿,为什么水车会转动?牛顿答不上。这时,这个同学就骂牛顿是"笨蛋",是"蠢木匠",一些同学也跟着起哄。大个子同学还无故踢了他的肚子,牛顿痛得倒在地上,水车也被打坏了。

牛顿

大个子同学成绩好,身体也棒,平时牛顿就怕他。但此时,平素胆小温和的牛顿被激怒了，他忍无可忍地猛然向大个子同学冲过去，并把他打倒在地。大个子同学见牛顿如此勇猛，害怕了，只好"投子认输"。

这是牛顿第一次在武力争斗中获胜，而且打败的是个子比他大的同学。由此，牛顿悟出学问之道也不过如此。从此，他发奋读书，成绩很快在全班名列第一，在全校也是佼佼者。

后来，牛顿成了一个伟大的科学家。

陈老师最后鼓励苏步青说："我看你人聪明，肯动脑子，能吃苦，只要像牛顿那样奋发图强，一定能变背榜为头榜的。"

陈老师亲切和蔼的谈话，使苏步青的心灵震颤了，他对往昔感到愧悔，立志向牛顿学习。这一次，苏步青说到做到。到了期末，他果然成了班上的头榜。

后来，苏步青也成了一个大数学家。

弱小者能打败强大者，并由此激发出学习的力量，这是我们从"牛顿启发苏步青"的故事中，应该得到的启迪。当然，除了正当防卫，我们绝对不主张用"拳头"来处理人与人之间的矛盾。

跬步何以至千里

——"1 = 1 + 1"和苏步青的"零头布"

$2 \times 365 \times 40$"时"$= 10$"年"——"秃头秃脑"的一个等式。

这个等式的意思是说,如果我们每天从工余时间中挤出 2 小时,那么 365 天就有 730 小时,从 20 岁到 60 岁这 40 年中就有 29 200 小时。如果以每天工作 8 小时为 1 天来计算"年",这 29 200 小时就是 10 "年"!这是足以让你"干一件大事"的 10 "年"!

在这个"士农工商,终日奔忙"的快节奏社会里,许多人都叹息"时间不够用"!殊不知,时间就如弥足珍贵的清泉在你的叹息声中流逝,永不回返……

在这里,我们要推荐苏步青教授利用时间的"秘诀"。

苏步青

曾任复旦大学校长的苏步青惜时如金,如同裁缝充分利用零头布一样,连会前会后和饭前饭后的间隙,也不让它轻易流逝。

"我在 8 月 19 日抵京,离 21 日人大常委会开会有两天空余时间,26 日常委会结束至 30 日人大全体会开幕,又有三天空余时间。从到北京至现在的 20 多个晚上,除了用几个晚上看电影和讨论提案,其余时间都用来写作,每晚干两三个钟头,加在一起就很可观。别看时间零碎,只要充分利用,能做不少事呢。"在 1980 年 8 月 30 日至 9 月 10 日召开的第五届全国人民代表大会第三次会议上,苏步青这样谈到他利用"零头布时间"的经过。

正如苏步青说的那样，在这次会议期间，他的专著《仿射微分几何》的第三章《仿射曲面论的几何结构》快写完了，有两万多字。

星期天，是苏步青一块不大不小的"零头布"，每年的暑假和寒假，是块"大零头布"。一年夏天，上海教育工会安排他去庐山休养，被他婉言谢绝。又一年夏天，上海市委考虑到他曾患脑血栓，决定让他去莫干山至少要休养一月，他只好从命。可他在莫干山，却利用这块"大零头布"，亲自写了《计算数学》一书的总纲，共两万字。

苏步青的助手分头写的其余各章，由他来改。用了整整一个月的"大零头布"，写了30万字而大功告成，取得了休养期间的"大丰收"。

"零头布"能引出"大丰收"的哲理，与著名的"积小流成江海"和"积跬步至千里"，一脉相通——时间就是这样挤出来的。我们所追求的包括学问在内的精神财富和物质财富……又何尝不是如此呢？

翻开古今中外的历史，没有一个有成就的人，不是充分利用"零头布"时间的。

当然，除了利用"零头布"，还有许多利用和节约时间的方法——"一时二用"就是其中之一。

例如，一进家门就首先开电脑，再去喝水。水喝完了，电脑也打开了。

再如，电脑文件要经常存盘，否则就会因突然停电而前功尽弃——没有保存的文件会丢失。有时一个大文件一次存盘就要花几分钟甚至一二十分钟，有的人就在旁边焦急地等待。正确的做法是把这时间利用起来——在附近锻炼身体就是方法之一。如果几次存盘都这样做，那么一天锻炼身体的时间就节约出来了。

你看，我们在以上案例中，把"吝啬的上帝"给的一份时间，变成了"两份"。用"数学公式"表示，就是"$1 = 1 + 1$"，甚至有时还可以做到"$1 = 1 + 1 + 1$"。

只要你愿意，只要你是有心人，"稀有资源"——时间，就在你的掌控之中。

"功成一篑"和功亏一篑

——从"磨子井"到"东京遗憾"

"唉，只有散伙了！"

像泄了气的皮球，一个姓杨的商人，一屁股坐在地上，沮丧地对他雇佣的工人们说。

100多年以前，杨姓商人从陕西来四川省自流井（今属于白贡市）钻盐井。打井三年多后倾家荡产，也没有看到"一泉流白玉，万里走黄金"。他只好在最后一天把磨子卖掉，给打井的工人"打牙祭"（四川土话，指吃好的饭菜），然后再"各奔前程"。

吃完饭后，工人们觉得历来没有亏待自己的杨老板对得起人，就又打起井来。结果，"功成一篑"——流出了白花花的卤水，杨老板也因此发了财。

这就是有名的"磨子井"——现在自贡市还有这个地名的趣味故事。

这个故事告诉我们，有时"成功就在坚持一下的努力之后"。这个哲理也适用于科学研究，但是，有两个日本人就没那样的好运了。

费马大定理的证明，进入了第三个100年的20世纪中叶，此时数学界依然一筹莫展。

1954年，一位年轻的数学家走进了图书馆。谁也没有想到，他这一"走进"，就成了改变费马大定理历史的起点。

这位极具才智的年轻数学家，就是日本东京大学的志村五郎（Goro Shimura, 1930— 2019)。他进这个大学的图书馆查找资料,是为了对付一个特别复杂的计算难题。使他颇感意外的是,他所需要的那本杂志被人借走了——借书者是他不太熟悉的校友谷山丰(Taniyama Yutaka,1927—1958)。

原来,谷山丰也在研究与志村五郎相同的问题。于是,两人开始了合作,并结下深厚友谊。他们非常着迷的是模形式问题——一个被欧美数学界认为已经"过时"了的问题。

模形式与加、减、乘、除一起被列为 5 种基本运算之一,是数学中最古怪最神奇的一个部分,十分深奥。模形式的特点,是具有非同寻常的对称性。

谷山丰　　　　志村五郎

1955 年 9 月,一个国际学术讨论会在东京举行。在会上,谷山丰提出了模形式与椭圆方程之间有某种联系的问题。他发现,一个具体的模形式的 M 序列中的开头几项,与一个熟知的椭圆方程的 E 序列中列出的数完全相同。这就意味着,在深层次上,模形式与椭圆方程这两个来自数学中不同方向的研究对象之间,有一种基本而奇妙的联系。如果数学家已经知道了模形式的 M 序列,就不必再计算对应的椭圆方程的 E 序列,因为这两个序列相同。

谷山丰设想,是否每一个模形式都与某一个椭圆方程有着相同的序列呢? 会上,许多数学家对此不屑一顾,但志村五郎却坚决支持谷山丰。人们称他们的研究为"谷山丰－志村五郎猜想"。

遗憾的是,1958 年谷山丰在自己的寓所自杀,他的未婚妻也在同年自杀,仅留下志村五郎孤军奋战。

云舒云卷,潮起潮落,转眼就到了 1984 年秋天。此时,一群优秀的数论专家在德意志联邦共和国黑森州中部的小城奥博沃尔法赫聚首。在讨论会上，一位来自该国萨尔布吕肯的数学家格哈德·弗赖（Gerhard Frey，1944— ）提出一个引人注目的论断：如果能证明"谷－志定理"（Taniyama－Shimura theorem，未证明时叫"谷－志猜想"），也就能证明费马大定理。

弗赖

弗赖的思路是，把费马方程转变为一个椭圆方程，再将这个椭圆方程与"谷－志猜想"的模形式联系起来，就能证明出费马大定理。他的推理如下。

第一种可能：①如果费马大定理是错的，就存在弗赖的椭圆方程；②弗赖的椭圆方程是如此的古怪，以至于它绝不可能被模形式化；③"谷－志猜想"断言，每一个椭圆方程必定可以模形式化；④因而"谷－志猜想"必定是错的。

第二种可能：①如果"谷－志猜想"能被证明是对的，那么每一个椭圆方程必定可以模形式化；②如果每一个椭圆方程必定可以模形式化，那么弗赖的椭圆方程就不可能存在；③如果弗赖的椭圆方程不存在，那么费马方程不能有解；④因而费马大定理必定是对的。

弗赖的高论语惊四座。3个多世纪以来，费马大定理一直被看作是孤立的问题，如今，它已经与"谷－志猜想""联姻"了，一个跨越17和20世纪历史的数学之桥诞生了！

当然，在这之前，还得证明"谷－志猜想"与费马大定理的确存在联系。坚冰已经打破，航道已经开通……

1985年，弗赖证明了某种椭圆方程的确与费马大定理有一定的联系，完成了远航的重要一步。

扬帆远航并胜利到达彼岸的，是在美国普林斯顿大学担任客座教授的英国数学家安德鲁·约翰·维尔斯（1953— ）。

在经过连续几年的研究之后，弗赖、法国数学家让－皮埃尔·赛尔（Jean-Pierre Serre, 1926—　）与美国数学家肯尼斯·艾伦·（肯）·里贝特（Kenneth Alan "Ken" Ribet, 1948—　），在1986年证明了"谷-志-韦猜想"（Taniyama-Shimura-Weil conjecture）——证明后叫"模块化定理"（modularity theorem）。"谷-志猜想"的证明，是很关键的一步——表明它与费马大定理的确存在联系。这里的"韦"，是

维尔斯

指曾提出"韦伊猜想"（Weil conjecture）的法国数学家安德烈·韦伊（1906—1998）。

维尔斯在1986年中期得到上述消息之后，经过"八年抗战"，终于在1994年（提交论文的年份）证明了费马大定理。

赛尔　　　　　里贝特

面对喜气洋洋的维尔斯，最沮丧的就是志村五郎和他在九泉之下的战友谷山丰了。在付出巨大劳动就要摘取一个生长了300多年的"桃子"的时候，他们却止步不前，功亏一篑——酿成"东京遗憾"。

"功成一篑"的"磨子井"与功亏一篑的"东京遗憾"，除了验证"坚持就是胜利"的谚语，还揭示了下面的两个哲理。

第一个哲理是，在理论上谁都知道，有时成功就在"咬咬牙"的坚持之中。问题的复杂性在于，是应该"不撞南墙不回头"（这有可能造成更大的损失），还是应该"急流勇退"（有时会功亏一篑）是很难说得准的。由于"大自然总是披上神秘的面纱""把人们困在黑暗之中"，要成功就要"付出相当的代价"，所以需要我们勤奋学习，提高素质，才能"别具慧眼"，从而"看得真真切切"。

第二个哲理是，有如一句名言所说："不是所有的花都能结果。"

IMO 金牌非顶峰

——"'奥数'培养不出大数学家"

"'奥数'培养不出大数学家。"

2005 年上半年，北京等大中城市开始对遍地开花的"奥数班"全部"叫停"。此时，1982 年菲尔兹奖的三位得主之一——美籍华人丘成桐（1949— ）说。

那么，"奥数"究竟是怎么回事呢？

在 20 世纪 50 年代，东欧一些国家举行了中学生的数学竞赛。后来，逐渐扩展为国际性的中学生的数学竞赛，这就是"国际数学奥林匹克"（IMO，是 International Mathematical Olympiad 的缩写），常简称"奥数"。

由罗马尼亚数学家发起，于 1959 年夏在罗马尼亚布拉索夫举行的第一届 IMO，有东欧的 6 个

丘成桐

国家参加。以后，每年 7 月利用学生放暑假的时间举行一次，每次历时约 10 天。1965 年，西欧的一些国家也开始参加，后来参加的国家日益增多，到 1989 年已经达到 50 个。每届竞赛由各国轮流"坐东"，没有固定的章程和常设委员会。在 1980 年，国际数学教育委员会（ICMI）做出决定，每年以主办国为中心，成立组织委员会，以保证 IMO 顺利进行，后来，还确定了 IMO 的会徽。

中国大陆首次派 2 人参加 IMO，是在 1985 年的第 26 届；从 1986

年起，每届派 6 人参加。据说，迄今整个中国的选手获得金牌的总数，居世界第一。

既然成绩那么好，为什么丘成桐要说"'奥数'培养不出大数学家"呢？

丘成桐说："学习 IMO 对培养学生对数学的兴趣有一定好处，在美国，也有许多高中生参加这个比赛。我有一些学生也在 IMO 中拿过金牌，他们学习的出发点也完全出于兴趣，但是中国学生不一样。他们学习 IMO 纯粹用'业余'时间，通常是利用寒暑假去参加集训班，就像是在培养奥林匹克运动员一样。这样的培养方法局限性很大，只让孩子学习数学方面的知识，其他方面的知识很少学习，知识面很窄。他们和朋友交往的时间也很少，大部分人几乎没有朋友，这对孩子的成长非常不利。我曾带过一名博士后，他 12 岁就考上大学，20 岁就拿到博士学位，但不到两年后就发疯了，后来又想自杀。原因是他从小就很少与人交往，没有一个朋友，十分孤独。

"IMO 的组织者是一个帮助小学生的国际组织，他们不是一流的数学家，所做的也只是为引起学生对数学的兴趣，对发展整个数学没有起到什么作用。在数学界看来，IMO 就像是报纸上的娱乐版，看过之后也就扔到垃圾筒里了，根本不可能拿到课堂上去讲。另外，IMO 的题目不考微积分，于是许多学生就不去学微积分。微积分是现代数学的基础，不学好它，怎么可能成为好的数学家呢？一个优秀的数学家往往也对其他学科有着很好的研究，但目前中国学习 IMO 的孩子往往只受到这一个科目的训练，其他学科则抛弃了，这非常盲目。

"很少有一流数学家出 IMO 的题目，IMO 的题目很偏。在研究数学的人看来，学生解决非一流数学家出的很偏的问题，并没什么了不起。更糟糕的是，参加 IMO 的学生们养成了一种解决人家出的问题的习惯，而不是自己发现问题，再解决问题，这使他们非常缺乏创造性和主动性。"

这里，我们想起了法国作家罗曼·罗兰（1866—1944）的深刻见解："即使通过自己的努力知道一半真理，也比人云亦云地知道全部真理还要好些。"

丘成桐继续说，前些年国内媒体对 IMO 的炒作，加剧了家长和学生对它的追捧。而一些名校对 IMO 金牌得主免试录取，进一步加大了它的吸引力。在美国，IMO 的奖牌不足以作为那些一流大学免试入学的理由，反而是一些小的高校把这个奖牌作为免试条件。丘成桐也不会因为学生拥有 IMO 金牌，就一定会接收他。中国目前将 IMO 弄得很功利，使那些 IMO 金牌得主自以为已经很了不起、很成功，他们觉得 IMO 就是学习数学的目标。一旦成功，得到了免试资格和荣誉，就不想再学数学了。这样的状况，使中国没有一种因为爱好数学而学习的气氛。没有这个气氛，没有了兴趣作为基础，就不可能培养出大数学家。

丘成桐的看法，应了爱因斯坦的名言："学习任何学科，最重要的是兴趣。"这和中国著名学者胡适（1891—1962）的"三味药"（问题丹、兴趣散、信心汤）中的"兴趣散"不谋而合。

最后，丘成桐认为，中国要出大数学家，就要有真正对数学有兴趣的学生和老师。

丘成桐是继杨振宁所说的"欧（拉）高（斯）黎（曼）嘉（当）陈（省身）"之后的新一代微分几何领袖，当然他说的"'奥数'培养不出大数学家"，就比较委婉，而其他人就比较直言不讳。

有人总结了"奥数班"的三大弊病。

弊病一是，IMO 及奥数班的商业因素过于浓厚，多数是为谋取经济利益的商业行为，一搞竞赛就组织收费。

弊病二是，导致一些校长不正确的业绩观，扰乱了数学等学科正常教学。许多校长把学生在 IMO 获奖作为自己的业绩，一味向学生灌输数学、物理等个别学科的技巧性，对数学及其他学科的正常教学带来很大影响。

弊病三是，高强度训练扼杀了孩子的兴趣。许多学生靠 IMO 获奖保送上了大学，却拒绝选择数学或物理学科，而选了其他专业。学生已经厌倦和恐惧数学——这是强制训练导致的恶果。

"兴趣是本，知识是末。"但愿我们对青少年兴趣的培养，胜过关注他们的知识——孩子们的状态，比"分数"重要得多。

牛顿为何当了"归纳驴子"
——"色差"面前的"误差"

1666 年，牛顿通过实验发现，太阳"白光"通过棱镜以后，会分解为七色光，这被称为"色散现象"。"色散"后的七色光通过另一块倒置的棱镜，又可以还原成白光。

当时的科学家们发现，光学仪器——如望远镜会产生"色差"，它是由"色散"引起的。

既然复色光通过棱镜或透镜后都

把白光分解为七色光后可以还原

会产生色散现象，那么，如果用两种折射率不同的棱镜或透镜，就可以来消除色散现象，即通过第一个镜"分道扬镳"的光让第二个镜来使其"志同道合"，不就可以避免色差了么？基于这样的思路，谨慎的牛顿又继续实验。

牛顿在一个灌满水的菱形玻璃缸中，放入一个玻璃棱镜，让光线通过它们，观察光线的折射情况与只用玻璃棱镜相比是否发生了变化。他认为，不同的物质（水和玻璃）有不同的折射率，因而折射情况肯定会有变化，这种看法显然是正确的。

奇怪的是，尽管牛顿将这一实验多次重复，仍然没有看到折射情况有什么变化。于是，谨慎的牛顿由他所观察得到的"实验事实"出发，大胆地得到一个普遍的结论：所有不同透明物质对不同色光的折射方式都是相同的，因而色散情况也是相同的；这样，折射光学仪器的色差，就不可避免。

有趣的是，基于这一错误的结论，牛顿却于1668年发明了反射式望远镜。

做光学实验的牛顿

反射式望远镜不但没有色差，而且形状合适的话还可克服球差等像差。由于牛顿的影响和他这种望远镜的成功，许多天文学家都把折射式望远镜改为反射式了。

牛顿反射式望远镜的成功，并不能证明他对于"折射式望远镜必然产生色差"的错误认识是正确的，因为折射式望远镜也可以做得不产生色差。那么，他错在哪里呢？

首先，牛顿的失误在于，他的实验只能说明他用的水和玻璃对光的折射情况是相同的，而不能说明所有透明物质对光的折射情况都是相同的。牛顿深信"在事实与实验面前没有辩论的道理"，但却忽略了一个最简单的逻辑常识：若干个事实不能最终确立一个理论，除非这个理论同时还得到严格的逻辑证明。

那么，牛顿怎么能只做一种（虽然是多次）实验就确立一个普遍的理论呢？从方法论上来说，归纳法的局限性在于，它不能囊括所有的现象得出结论。鉴于牛顿在这里使用归纳法的失误，以及他在其他地方也出现过这种失误，有人将他贬低为"归纳法的驴子"。

斯图尔特

需要经过确实无疑的证明才能承认某个结论，对这一点，数学家是以其一丝不苟而著称的。英国数学家、科普与科幻作家伊恩·尼古拉斯·斯图尔特（1945—　），在1975年出版的《现代数学的理念》一书中，就有下面的对比。一个天文学家、一个物理学家和一个数学家，正在苏格兰度假。当他们从火车车厢的窗口向外瞭望的时候，观察到田地中央有一只黑色的羊。"多么有趣，"天文学家评论道，"所有的苏格兰羊都是黑色的！"物理学家对此反驳说："不！某些苏格兰羊是黑色的。"数学家冷静地凝视着天空，然后吟诵起来，"在苏格兰至少存在着一块田地，至少有一只羊，这只羊至少有一侧是黑色的。"

牛顿在这里的失误是情有可原的，因为他用的那种玻璃和水的确有很相近的折射率，而这仅仅是一种巧合。因为玻璃的折射率视成分不同，会有很大的差异，而他正好用上了与水的折射率相近的那一种。

其次，牛顿的失误在于他的固执。当时，有一位叫卢卡斯（A. Lucas）的比利时耶稣会会员和物理学家，也重复了牛顿的前述实验，但由于他用的玻璃与牛顿选用的玻璃品种不同，结果发现光谱的长度不像牛顿所断言的那样是它宽度的 5 倍，而仅是 3.5 倍。他把这一自己觉得奇怪的结果告诉了牛顿。

遗憾的是，牛顿并不去做实验核对，而是对此不屑一顾，因此失去了改正错误的机会。最后，设想牛顿如果此时谨慎、虚心一点的话，就应该把卢卡斯的实验了解得详细一些，再对比一下与自己的实验有何不同，也就会弄清问题出在哪里。

牛顿在色差问题上的失误，给了我们三个值得警醒的哲理：主观臆测不能代替理论研究或实验事实，要正确使用归纳法，不能固执己见和坚持偏见。

牛顿与"法拉第＋麦克斯韦"
——创立理论系统"百花齐放"

在剑桥大学三一学院的北门口，种着一棵据说是从牛顿（1643—1727）家乡移来的苹果树。关于它的说明是，当年牛顿在家乡时，有一次坐在一棵苹果树下，看到苹果下落时产生了灵感——地球具有引力，从而萌发了关于万有引力定律的思考。三一学院种的那棵苹果树就是牛顿家乡那棵苹果树的后代。

据说，每一个到剑桥读书的学生，都会把朋友带到这里，并郑重其事地介绍这棵不平凡的苹果树。而在它的旁边，就是当年牛顿的卧室——现在，只有数学成绩最好的学生才能住在这里，和他300多年前的"老同学""同床同梦"。

在1665年，伦敦流行鼠疫，剑桥决定放假。于是，牛顿在1665年6月至1667年复活节的近两年期间，待在家乡林肯郡的沃尔斯索普小镇进行科学研究，

三一学院门口的苹果树

初步发现了万有引力定律。

经过20年对万有引力定律的完善，牛顿在1687年7月出版了划时代的巨著——《自然哲学的数学原理》，把运动三大定律和万有引力定律综合起来，创立了经典力学理论体系。这里的"哲学"，指物理学。这个完整的理论体系，综合了16和17世纪的力学成果，把天地之间

万物的运动规律概括在一个严密的理论之中。这是人类在认识自然的历史中的第一次理论大综合。

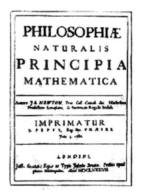

后来，牛顿的经典力学体系，还发展为法国数学家兼物理学家拉格朗日（1736—1813），以及英国数学家兼物理学家哈密顿（1805—1865）的两种等价数学形式。其中哈密顿体系具有突出的对称形式，比牛顿形式具有更大的普适性。

《自然哲学的数学原理》扉页

那么，牛顿为什么要创立经典力学体系呢，又为什么能建立这个体系呢？

牛顿在《原理》序中对前一个问题已经做出了回答："努力把自然现象放在数学的控制之下，本此理由，我在这本书里，培育数学直至它联系到哲学的数学原理……"

显然，牛顿和此前的先贤要创立这种体系的原因是，想把繁杂无序的世界组成一个有机整体，便于指导科学研究。这种指导的重要性，用一个反面例子来说明：古希腊科学家亚里士多德（公元前384—前322）的"重物先落地"的错误，就是他的包罗万象的巨大哲学体系所得出来的一个结论。

古希腊数学家欧几里得，就把几乎所有数学结论都合乎逻辑地从少数几个前提下推导出来，写成了有完整演绎体系的《几何原本》。事实上，《原理》就是用它的方法写成的。

这种创立完整演绎体系的方法，被许多人采用。其中著名的有：法国数学家勒让德（1752—1833）于1794年初版的《几何学基础》，英国数学家皮科克（1791—1858）于1830年出版的《代数通论》，两位数学家罗素（1872—1970）和怀特海（1861—1947）在1910—1913年出版的《数学原理》，20世纪法国数学小团体"尼古拉·布尔巴基"

从 1939 年开始出版的《数学原本》。荷兰哲学家斯宾诺莎（1632—1677）有着类似演绎体系的《伦理学》的副标题，就干脆叫"副几何学"。

光有牛顿所说的"努力"是不够的。不少先贤创立力学体系的尝试，都败走麦城。败走麦城的主要原因是什么呢？除了没有发现万有引力定律，就是没有把"天上"和"地上"的

法拉第　　　　　麦克斯韦

事物结合并统一起来，进行理论和实验研究，找出普遍规律。

经典力学体系只能诞生在牛顿一个人手中，因为他既善于实验研究，又擅长数学理论。这就回答了前面的第二个问题。

与此形成鲜明对照的是，19 世纪 60 年代的经典电磁学的"大厦"，由两个英国人共同建成。他们是实验物理学大师法拉第（1791—1867）和理论物理学家麦克斯韦（1831—1879）——以麦克斯韦方程组的形式共同建成，因为前者善于实验研究而不擅数学理论，而后者正好相反。

牛顿一个人创立了经典力学体系，而法拉第和麦克斯韦是两个人共同创立经典电磁学体系的。这两种不同的模式，给我们一个非常深刻的哲理：只有既善于实验研究，又擅长数学理论的科学家，才能创立在某一领域的完整理论体系；创立理论系统是"百花齐放"。

20 世纪，爱因斯坦（1879—1955）在晚年曾"老夫聊发少年狂"，企图创立包罗万象的大统一场理论，来揭示"上帝的秘密"，结果没能"射天狼"而折戟沉沙。主要原因也是他没有以足够的实验事实为依据造成的。

在科学没有发展到瓜熟蒂落的时候，爱因斯坦徒费了几十年宝贵

的光阴。当年伽利略也因为手中没有万有引力定律这个"法宝",而"金樽空对月"。

于是,我们得到第二个深刻的哲理:在科学上,切莫揠苗助长,急于求成,应该出手时才出手!

青鱼"被盗"和"天鹅""减肥"
——地球像橘子还是像鸡蛋

"啊，少了近 19 吨！" 17 世纪的一天，一个外国商人从荷兰渔民那里买了 5 000 吨青鱼，运到靠近赤道的一个非洲港口马加的沙。卸货的时候，他还是用原来那台弹簧秤称，这时他大吃一惊。轮船在中途一直没有靠过岸，"小偷" 怎么下手的呢？他百思不解。

无独有偶。一年秋天，在法国西南部的博览会城——地处北纬 45° 的波尔多城举办的一个工艺品展览会上，国家工艺部送展了一件纯汉白玉雕成的天鹅。它是一位老人用手工花了 9 年又 9 个月的时间雕成的非常珍贵的工艺品，那像雪一样洁白的羽毛共 9 999 根。但展览会到了第三天，价值连城的白天鹅就不翼而飞了。保安人员紧急侦破一番无结果之后，展览会办公室就向全世界发布了以黄金为酬谢的悬赏布告。

布告发出一星期后，白玉雕天鹅就有了下落。在保安人员陪同下，展览会主任和国家工艺部的约翰，立即飞往非洲一个面积仅约 1 000 平方千米的小国——圣多美和普林西比的首都圣多美，找到古董商迪雷尔。

白玉雕天鹅璧归之后，约翰仔细察看了外表，完整无缺。可是，他用随身带来的弹簧秤一称，发现 "少" 了 13 克。迪雷尔怀疑约翰的秤不准，就借来当地最准的弹簧秤称，结果依然 "少" 了 13 克。此时，约翰一口咬定迪雷尔 "鹅过拔毛"，但迪雷尔说他 "一毛未拔"。

由于双方争执不下，就一根根地数"鹅毛"数量。一数，一根未少。尽管如此，约翰还是用"少"了13克的"事实说话"，扣了一半赏金。迪雷尔不服，四处告状，最后告到国际法庭，终于胜诉。

青鱼"被盗"和"天鹅""减肥"的无头奇案，怎么破呢？这得从"地扁说"和"地长说"之争谈起。

今天，我们都知道地球大致是一个赤道凸起的扁平椭球。这与牛顿和荷兰科学家惠更斯（1629—1695）在17世纪各自几乎同时提出的地扁说——地球像一个橘子的看法一致，但是，当时在法国还流行的地长说，却认为地球两极是凸起的，好像直立的鸡蛋或西瓜。例如法国数学家笛卡儿（1596—1650）和

笛卡儿

巴黎天文台的乔万尼·多美尼科·卡西尼（1625—1712）就这样认为。

他们的看法都有"依据"。对此，法国启蒙运动最著名的代表伏尔泰（1694—1778）说："地球的形状，在伦敦认为是一个橘子，而在巴黎却把它想象成一个西瓜。"

1669—1670年，法国天文学家、测量技师、巴黎科学院第一批天文学院士之一的让·费利克斯·皮卡德（1620—1682），领导测量了巴黎至亚眠的子午线1°的长度，为57 100督亚士（1督亚士约合1.949米）。1671年，他还到乌拉尼堡测量过。1683年，乔万尼·多美尼科·卡西尼也测量了巴黎天文台到法国南部

乔万尼·多美尼科·卡西尼

佩皮尼扬这段子午线的长度，为57 060督亚士。由于测得的子午线南段1°之长比北段1°之长要大，所以乔万尼·多美尼科·卡西尼在晚年认为，地长说是正确的。此外，笛卡儿的"涡动学说"即"涡漩学说"，也是地长说的一种"理论依据"。

以上"地长说"和"地扁说"的争论持续了几十年，谁也说服不了谁。

乔万尼·多美尼科·卡西尼是意大利著名天文学家，他的家族是意大利－法国五代科学世家。巴黎天文台于1667—1672年在皮卡德提议下建成。应皮卡德之邀，卡西尼于1669年来主持巴黎天文台工作，是事实上的台长。其后三代都依次担任巴黎天文台台长。

1712年，乔万尼·多美尼科·卡西尼去世。就在这一年，他的次子雅克·卡西尼（1677—1756）开始了又一次子午线长度的测量，一直持续到1718年。他测量了从法国北部敦刻尔克到巴黎天文台这段子午线的长度和巴黎天文台到南部的佩皮尼扬这段子午线的长度。结果，发现南段子午线1°之长为57 097督亚士，比北段子午线1°之长56 960督亚士多了137督亚士。由于测量不准，他误以为地球赤道半径小于极半径，并于1720年发表论文《地球的大小和形状》，倡导地长说。雅克·卡西尼的次子塞萨尔·弗朗索瓦·卡西尼·德·瑟里（1714—1784），和后者的独子让·多米尼克·德·卡西尼（1748—1845）伯爵，也"子承父业"，信奉地长说。

那么，牛顿等人的"地扁说"又有何依据呢？这得益于他发现的万有引力定律的计算，也得益于下述里希尔（1630—1696）的偶然发现。牛顿在得知里希尔的研究结果后，根据自己算出的"地扁率"（赤道半径与极半径之差除以赤道半径所得的商）1/230、各不同纬度秒摆的长度和重力加速度，得出地扁说。

里希尔的偶然发现是这样的。1671年（一说1672年），法国科学院派他去南美赤道附近的法属圭亚那的卡宴岛（西经52.5°，北纬5°），在这儿可以清楚地观测火星冲日，测量火星的视差。乔万尼·多美尼科·卡西尼也参加了这次测量。出发前，里希尔将随身携带的座钟摆长严格调准为994毫米。他到卡宴岛后，偶然发现这台原来相当准确的摆钟莫名其妙地每昼夜总要慢约148秒。为了准确计时，他只能将摆长调短为990毫米。10个月观测结束后，他回到巴黎，该摆钟又莫名其妙地变快了，只得将摆长调回到994毫米。

大致同时，英国天文学家哈雷（1656—1742）也有类似发现。

是什么原因使摆钟"调皮捣蛋"呢？

敏锐的惠更斯立即领悟到，这是赤道附近（低纬度）的物体，受到地球自转时产生的"离心力"比在巴黎（高纬度）更大的的缘故。

惠更斯

根据计算，这种"离心力"的作用，应使摆钟仅慢84秒而不是148秒。那另外64秒是什么原因引起的呢？

里希尔查阅了世界地图，查出卡宴岛的纬度为北纬2°，巴黎的纬度为北纬49°。这就是说，巴黎离地心比卡宴岛离地心近。里希尔根据牛顿理论进行计算，得出在卡宴岛的摆长应当缩短2.88毫米，这与4毫米相近。里希尔认为这是由于地球不是标准的球体，因而各点的重力值就有差异，从而使摆钟走时的准确性发生了变化。

里希尔的观点，遭到了卡西尼家族的坚决反对。他被势力强大的卡西尼家族驱逐出了法国科学院，但是，里希尔并没有退却。

牛顿在得出地扁说之后解释说，由于地球在赤道附近隆起，所以重力加速度比其他地方更小，导致钟摆受更小的重力而变慢。这与惠更斯发现的单摆振动周期公式不谋而合。

以上两派的激烈争论，持续了几十年，一直持续到牛顿死后的18世纪30年代，谁也说服不了谁。巴黎科学院也因此分为针锋相对的两派。一派以雅克·卡西尼为首，坚持"地长说"；一派以两位法国数学家莫佩都（1698—1759）和达朗贝尔（1717—1783）为首，坚持"地扁说"。为缓和两学派的矛盾，以利于科学研究，法国王太子（1729—1755继承，1737公开受洗）路易十五世（1729—1755）授权法国巴黎科学院，组织两支由大地测量专家领导的测量队，分赴纬度相差很大的两地实测。

1734年（一说1735年），赴南美测量队在法国科学家路易斯·戈丹、卡尔罗斯·马利亚·德·拉·龚达米纳、彼德罗·希热和比德罗·布热的率领下，在赤道附近北纬2°的秘鲁和厄瓜多尔的安第斯山区艰苦工作了9年，终于测得该地经线1°的弧长为56 748督亚士。

同年，赴北极圈北纬66°芬兰与瑞典交界的拉普兰地区的测量队，在莫佩都的率领下，战胜了无数困难，工作了两年多，也完成了既定任务——测得当地经线1°的弧长为57 422督亚士。

两地实测表明，拉普兰地区经线1°之长，比秘鲁地区经线1°之长多了674督亚士。测量队队员克雷勒根据测量结果，算出地球的地扁率为1/297.2，证明了万有引力定律和里希尔都正确。

不过，此时卡西尼家族仍不相信，又组织测量队重新测量。经过10年重新测量，结论与上次测量类似，算得地扁率为1/230。

在又一次的事实面前，卡西尼家族也不得不服输了。让·多米尼克·德·卡西尼终于承认了万有引力定律和地扁说。对此，伏尔泰曾不无调侃地说："牛顿不仅压平了地球，也压扁了卡西尼们。"

那么，前述乔万尼·多美尼科·卡西尼父子的测量为何与地扁说矛盾呢？原来，这是由于测量误差太大。当然，他们的理论依据和主观的态度也是错误的。

至此，前面两个故事中的"小偷"抓到了——"短斤少两"都是地球在"开玩笑"。我们知道，地球上各地的地心吸引力或重力加速度是不相同的，因而重量也不同——同一物体在地球两极最重，在地球赤道最轻；而重力加速度不同就是因为"地扁"——两极半径比赤道半径小的缘故。

古希伯莱人：方地四柱撑圆天

虽然地长说与地扁说之争最终有了正确的结果，但几十年浪费的人、财和物力是惊人的，阻碍科学发展造成的损失更无法估量。不过，这一争论也使牛顿的万有引力定律得到传播和检验。

我们在"时光隧道"中穿行了这场争论之后，不但感受到科学先贤们艰难探索的曲折，还领悟到下面几个哲理：重视偶然发现，必须对它穷根究源；准确测量非常重要；科研必须以正确的理论为指导，切忌先入为主，持偏见态度。特别是当人们问雅克·卡西尼，如果地球是长球体，如何解释牛顿的万有引力定律的时候，他竟然傲慢地回答："我不知道有什么万有引力定律。"正是："偏见比无知离真理更远。"

麦哲伦

人类对地球形状的认识经历了几千年。古代认为"圆天"被四根大柱撑于"方地"之上。巴比伦人认为宇宙是一个闭合的箱子，大地是箱子的底板。古希腊科学家亚里士多德从先看见桅杆出现，后看见船体出现，或先看见船体消失，后看见桅杆消失的现象，悟出大地是"弯曲"的；又由发生月食的时候，地球在月球上的投影是圆的而猜测地球是球形的。

直到葡萄牙航海家麦哲伦（1480—1521）的船队，于1519年9月20日从西班牙的桑卢卡尔港出发，环球一周在1522年9月8日返回原地之后，人们才确信，地球是一个球体。

现在我们知道，地球是一个类似梨状的球体。1975年第16届国际大地测量和地球物理学会联合会，通过了国际大地测量协会的一号决议，建议地球参数的估算值为：平均赤道半径为 6 378.14

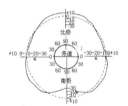

现代人眼中的地球形状

千米 ± 0.005 千米，地扁率为 1/（298.257 ± 0.001 5）。我们还知道，地球平均极半径约 6 356.8 千米，相差约 21 千米；南极凹下 25.8 米，北极凸出 18.9 米，相差 44.7 米。

伏尔泰与莫佩都
——两强争斗两败俱伤

18世纪，法国出了两位天才：法国启蒙运动最著名的代表、哲学家、思想家、历史学家、文学家和戏剧家伏尔泰（1694—1778），物理学家和数学家莫佩都（1698—1759）。

不幸的是，两人却因为一系列的争斗而大大损坏了自己的形象，从而留下了永恒的遗憾。

17世纪中叶，法国"业余数学之王"费马（1601—1665）在研究自然现象之后，

伏尔泰　　　　　莫佩都

提出"最小作用原理"。这个原理认为，大自然各种现象的发生，都只消耗最低限度的能量。

在1743年初，瑞士数学家欧拉（1707—1783）也得出这一原理的某些结论，并载于次年秋发表的关于变分法的一本书中。欧拉发现与发表这些结论之间的1743年4月15日，莫佩都提交给法国科学院的论文《科学院的报告》，也从力学观点出发提出了最小作用原理，载于当年的《论文汇编》中。他还用这个原理，证明了他此前并不相信的折射定律。大致同时，还有一些科学家也研究过这个原理。

应普鲁士国王（1740—1786在位）腓特烈二世（1712—1786）之

邀，莫佩都在 1746 年 3 月 3 日正式就任柏林科学院院长，并向该院提交了阐明最小作用原理的论文《运动规律研究》。

柯尼希

不料莫佩都的论文发表以后，他的一位好友、也在这个科学院工作的瑞士－德国数学家约翰·塞缪尔·柯尼希（1712—1757）就撰文提出反驳意见。还说德国数学家莱布尼茨（1646—1716）和瑞士数学家雅各布·赫尔曼（1678—1733），早就在 1707 年的一次通信中提出了这一原理。

碍于情面，柯尼希在论文中既没有提到莫佩都的名字，也没有明指他剽窃，甚至出于友谊，柯尼希还事前把论文交给院长莫佩都审阅。当时莫佩都没在意，复函表示论文可以发表；但在论文发表后，他突然认为柯尼希的论文似有弦外之音——有影射他的工作的创造性之嫌。

赫尔曼

于是，莫佩都认为这有损于他的面子，非要向柯尼希讨个说法不可。他指控柯尼希引用的莱布尼茨的信件不可靠，要柯尼希提供信的原件。柯尼希向科学院提供了信件副本，说原件在一个名叫亨泽（Henzi）的瑞士人手中。事有凑巧，亨泽因叛国罪已被处决，而另一当事人赫尔曼早已在 10 多年前的 1733 年死去，这就查无结果。

到了 1752 年 4 月，柏林科学院宣布柯尼希提供的莱布尼茨的手稿纯属伪造；6 月，得罪了莫佩都的柯尼希被赶出了柏林科学院。

事态并没有完结。作为莫佩都朋友和下级的伏尔泰，出来要为柯尼希打抱不平，更要和这位院长较量一番。他认为柯尼希是莫佩都学术专制独裁的牺牲品，于 1752 年 9 月撰文抨击莫佩都，说他不但剽窃，而且依仗权势专制独裁，迫害反对者，严重丧失科学道德。

看着朋友一个接一个向自己挑战，莫佩都难堪难过，只好借酒浇愁并一病不起，无法继续应战。

此时国王进退两难，一方是他1750年从巴黎特邀来柏林任王室高级侍从的伏尔泰，一方是他钟爱的莫佩都。他只好匿名发表文章，亲自为莫佩都辩护，对伏尔泰进行反击。当然，此时的争论已超出科学范围，扩大到人身和政治的范畴。

伏尔泰当然不敢和国王直接对抗，但他没有善罢甘休、偃旗息鼓，而是采用自己擅长的冷嘲热讽方式再战。他在一本叫《亚卡吉亚博士》的小册子中，嘲讽莫佩都《关于科学的进步》一书中的一些科学思想和设想。这本书中对一个家族中的多趾现象的讨论，就被嘲讽为不学无术和自以为是。莫佩都根据自己从1736—1737年率队去北极拉伯兰地区做实地考察做出的北极探险和科学设想，也被伏尔泰挖苦为痴人说梦和无稽之谈。

以伏尔泰雄辩的天才和嘲讽的语言技巧，尽管有国王做后盾，莫佩都还是败下阵来，以疗养为名离开柏林去了外地。

伏尔泰也没打胜仗。他在《亚卡吉亚博士》中的矛头指向了当时学术和政治上的专制独裁，这当然也就惹怒了国王。当国王看到这本书的时候，对伏尔泰蔑视自己权威的行为怒不可遏，立即训责伏尔泰，强令他销毁所有的书，并警告他如再折腾，将被监禁；但伏尔泰却不肯让步。无奈，国王只得下令在全国焚毁此书，并于1754年12月24日在柏林公共广场上将查获的书付之一炬。莫佩都因重病缠身不能到场庆祝"胜利"，国王还专门差人为他送去一些焚书的纸灰，以表"慰问"。

由上可见，由于国王利用最高权力介入，使一场科学争论蒙上了悲壮的政治色彩，而是非曲直却没有分辨出来。

由于伏尔泰自知不是国王的对手，他也采取了和莫佩都同样的逃避之路，于1753年3月26日凄凉地离开了柏林，辗转于斯特拉斯堡和科尔马等地，最后于1758年在法国和瑞士的交界处一个名为费尔奈的村庄落户。

　　比起争斗后被迫逃避，但其后仍有 1/4 世纪辉煌的伏尔泰，莫佩都的命运要悲惨得多。1754 年春，排除了干扰的国王要莫佩都返回柏林，但莫佩都因病情严重，行期一拖再拖。直到 1756 年 5 月才取道瑞士返回法国。莫佩都还没到法国，就于 1759 年 7 月 27 日死于途中，就地葬于瑞士北部多尔纳赫（Dornach）小镇。

　　这场因最小作用原理优先权引出的争斗，结果是悲剧性的。莫佩都和他的好友伏尔泰反目成仇并两败俱伤；国王则因此失去了一位科学家和一位哲学家，还在"开明君主"的脸上自己抹上专横的油彩。

　　这场三败俱伤的争斗，告诉我们一个深刻的哲理：由于人格和性格的缺陷，会使本人和科学蒙受多么巨大的损失！和谐安定的社会环境和科学环境，才会使人类进步，使天才更加光芒四射！

科学家大战国王为哪般
——避雷针形状之争

1750年，美国科学家、政治家本杰明·富兰克林（1706—1790）发现，用尖头的金属体靠近已贮存电荷的莱顿瓶的铁杆，就会闪现比较强烈的电火花，而换用圆钝的金属棍时，火花就很弱。这就是著名的"尖端放电"现象。莱顿瓶是人们还没有发明电池和发电机的时候，用来贮存电荷的装置。

中国神话中的雷公

接着，在1752年6月，富兰克林和他的儿子用放风筝的方式做了一个将天上的雷电引下地面的实验——"风筝实验"。由于地点在费城，所以这次震撼18世纪电学世界的实验，也叫"费城实验"。

英国化学家普利斯特利（1733—1804），高度评价了这一证明"天电"与"地电"相同、闪电不过是自然界的一种放电现象的实验，是"自牛顿以来最伟大的发现"。很显然，这种评价是非常正确的：这一实验不但揭示了科学界长期未能破解的奥秘，而且破除了人们对大自然的迷信——以为闪电和雷鸣是"上帝"在发怒，是"雷公"和"电母"所为。

富兰克林

富兰克林在揭开雷电的奥秘之后，就在 1752 年盛夏之前试验了西方第一根避雷针。1753 年，避雷针正式在勃兰地兹试用。1760 年，费城的一座大楼上终于竖起了西方第一根正式的避雷针，接着很快就在西方得到了推广。

避雷针在 1762 和 1769 年分别传到英国与德国，1784 年全欧洲的高楼都竖起了避雷针。

避雷针传入英国后，为了珀弗利特的弹药库免遭雷击，政府于 1772 年成立了一个对策委员会，主张用尖头避雷针的美国"老外"——富兰克林被聘为委员；而英国的本杰明·威尔森（Benjamin Wilson）等则主张用钝头。虽然双方的实验结果都没有使对方信服，但结果是富兰克林的主张被采纳。这"被聘"和"被采纳"也很自然，谁叫富兰克林是 1753 年英国皇家学会的最高奖——科普利奖的得主呢？

乔治三世

当 1776 年美国反抗英国殖民的独立战争爆发以后，任美国独立运动的领导人之一的富兰克林就不再受英国人欢迎了。1780 年前后，英国国王（1760—1800 年任大不列颠国王及爱尔兰国王，1801—1820 年任大不列颠及爱尔兰联合王国国王）乔治三世（1738—1820）说：避雷针应该做成钝头的形状，这样才可以"拒雷"；富兰克林的尖头避雷针不好，因为这样会"招雷"而不安全。于是他命令被誉为"军事医学之父"的医生、1752 年科普利奖得主——英国皇家学会会长约翰·普林格尔（1707—1782）爵士，在英国所有弹药库和皇家宫殿及其他建筑物上，都装钝头避雷针。乔治三世被称为"疯国王"：他在位期间，本着"大英帝国第一"的理念，对北美洲殖民地的子民态度强硬倔强，毫不妥协，最后导致美国革命发生。

乔治三世等与富兰克林的做法和理论正好相反，于是双方以及英国内部都展开了激烈的争论。例如，普林格尔就回答命令他的乔治三世说："陛下，许多事情都可以照您的意愿去做，可是，自然规律是不可违反的哟！"

普林格尔

这是一幅有趣图像：电学权威富兰克林的国度里的避雷针都是尖的，因为这样招雷的避雷效果好；在权力至高无上的英王的国度里，避雷针的形状都是钝头的，因为这样拒雷的避雷效果好。双方各不相让，各自有自己的"势力范围"，采用各自形状的避雷针。

究竟谁对呢？我们暂且将此放在一边，来看东方的中国。

有史料记载的世界上第一根避雷针，出现在七八世纪唐代武则天时期（684—704）。她曾在五台山的五个"台顶"建立过"镇龙"铁塔，这就是避雷针。其后中国许多朝代的避雷针或其他避雷设备都比富兰克林的早。1190—1209年金章宗在位时，每年4—8月，他都要到北京万寿山（即今北海公园内的琼岛）顶广寒殿等处去避暑。就在广寒殿旁建了数米高的铁杆，杆上端的"金葫芦"呈尖端状，用铁链与大地接通，达到镇龙即避雷的目的。

比富兰克林早约1 000年的武则天时代的避雷针，并不是最早的避雷设备，因为三国时代（220—280）的建筑物上就有"避雷室"的避雷设备。

我们又回到前面"尖头好还是钝头好""拒雷对还是引雷对"的问题上来。在研究避雷针的两个世纪之间，发生了下述一些事情。

人们不止一次发现，装有尖头避雷针的建筑物，有时仍然免不了遭受雷击。纽约著名的帝国大厦装有尖头避雷针，但平均每年却遭受雷击达23次之多；而瑞士卢加诺山上的一个塔顶，一年就曾遭雷击约100次。在1876年，英国科学家麦克斯韦（1831—1879）也发现尖头避雷针的避雷效果不好。

20世纪，美国物理学家查理·莫尔对避雷针形状进行了20年的研究。结果发现，尖头的避雷针自身从不遭受雷击，但处在它锥形保护伞内的物体却一而再，再而三地遭受雷击。这表明尖头避雷针只能"洁身自好"，而不能"泽及毗邻"；钝头避雷针却完全不同，它虽屡遭雷击，但因自身接地良好而不受损害，且以它为顶点的一个锥形区域保护伞内的物体，也能免遭雷击。钝头避雷针不但能"勇挑重担"，还能"关怀邻里"。莫尔还给富兰克林学院去信说，钝头避雷针的效率比尖头避雷针高出两倍。

这样，答案之一就出来了：乔治三世主张的钝头避雷针，效果比富兰克林的尖头避雷针效果好。

乔治三世的理论——拒雷，却是错误的，因为不管是尖头还是钝头避雷针的工作原理都是招雷：空中积累起来的电荷，不释放不行，避雷针就是释放这些电荷的通道，只能"引"或"招"，而不能"拒"或"堵"。这很有点大禹治水的策略：疏通九河，而不是堵拒洪水。于是，避雷针就有了"lighning arrestor"（意思是"吸引雷电的针"）这个英文名。

争论结束了：富兰克林的引雷对，尖头避雷错；乔治三世的拒雷错，钝头避雷对；应该用钝头引雷来取得更好的避雷效果。

从18世纪的这场避雷针形状之争可以发现，人类要揭示大自然的奥秘要经过多么复杂而曲折的历程。富兰克林没有意识到大自然对他隐瞒了部分真相——错把尖状物附近很近的地方电荷易释放这个特殊情况，当作普遍规律，没有考虑到距离更远处钝状物更容易放电。这是可以原谅的片面性，因为正如德国诗人、思想家歌德（1749—1832）所说："我们见到的，只是我们知道的。"

乔治三世的错误则不可原谅——他没有任何实验依据，只凭主观想象，还加上政治上的好恶。

"你以为一切都已经发现了吗？那真是绝顶的荒谬；这无异把有限的天边，当作了世界的尽头。"

距今100多年前，法国著名天文学家和科普作家卡米尔·弗拉马利翁（1842—1925），这样以诗一般的语言，阐释了我们这个故事的主要哲理。

避雷针形状之争结束了，但对雷电的研究却远远没有结束。

弗拉马利翁

人们还不满足于避雷针这一种避雷装置。人们还发明了避雷球、避雷网和消雷器等装置。此外，由于空中的电荷不能及时消除，还造成过多次空难事件。在1969年，阿波罗－12宇宙飞船刚一升空就受到雷击。人们还在设法"主动出击"——消除空中雷电的方法也在研究之中。

在将雷电引入大地的过程中，会产生强大的感应电脉冲，它对以诸如集成电路这类"脆弱"元件为"心脏"的电脑等电器设备易造成严重破坏。全世界每年由此造成的直接经济损失超过10亿美元，伤亡人数超过5万。在1992年6月的一天，中央气象局气象中心遭到雷击，避雷设备完好无损，但大型计算机和局部网络却遭到严重破坏；不仅损失数十万元，而且连次日中央电视台的"气象预报"也开了"天窗"。新闻媒介戏称这次事件是"大水冲了龙王庙"。如何应对？至今仍是难题。

人们还在寻找一种能制服"黑色闪电"的避雷方法。1974年6月23日，苏联天文学家契尔诺夫在扎巴洛日城就看到过一次黑色闪电：开始是强烈的球形（状）闪电，紧接着就飞过一团黑色的东西，不像通常的闪电呈蓝白色。现在已有的避雷装置对它无效，因而具有很大的危害性。

不但闪电的颜色、形状难以捉摸，而且它的持续时间、起因和次数等，也是当今仍需研究的难题。1997年第5期（内文误为4期）中国《自然》杂志所列的97个物理难题中，第22个就是：为什么闪电多"之"字形，少球形？

罕见的球形闪电，是从一个高尔夫球大小到直径二三十厘米的红或橘红的发光球。

一个"巨大、红色的火球出现在天空中，"英国《每日邮报》在1936年收到来自读者的一封信中描述说，"它击中了我家的房屋，切断了电话线，烧毁了窗棂，然后掉入了放在下方的一大桶水中。"不过，这并不是球形闪电的最早记载。1773年，两名神职人员在听到一声巨大的雷声之后，看到壁炉里一个足球大小的发光球闪耀着，

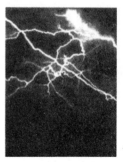

"之"字形闪电

这个球随即爆炸并发出一声巨响。20世纪以来，球形闪电的报道也有多起。在1965年夏，苏联科学家在奥涅金河休假时，就看到离地1.5米高的球形闪电一两分钟后消失在一棵树上。

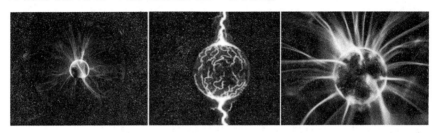

大小、形状等不尽相同的球形闪电

有媒体在2018年3月报道，科学家们在研究微观粒子的过程中，可能在量子尺度上模拟出了球形闪电。据称，这一研究能为可控核聚变——一个至今"无解"的世界难题铺平道路。

闪电起因的解释不下几十种，但可概括为"大气中积电"和"宇宙射线打击"。由于宇宙射线打击时电离通道很多，所以多呈之字形。

有科学家认为，闪电次数与全球平均气温成正比。

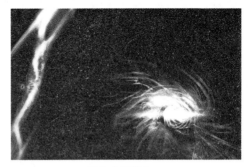

模拟球形闪电

此外，中性的云层为什么会积聚那么多的电荷而"雷霆万钧"呢？为什么闪电多发于陆地而不是水上呢？为什么雷电多击毁高处物体但

又并非总是如此呢……

"春雷惊万类，秋雷催百籽。"——人们并不完全憎恶雷电。雷电能让大气中含量约78%的氮气变成氮肥。利用雷电瞬时的巨大功率造福人类仍在探索中——20世纪中叶，苏联著名发明家尤特金就曾用这种方法得到10^5千瓦的脉冲功率。此外，在1980年夏天，还有一位因白内障而双目失明的老人奇迹般地在雷电轰击下重见光明的趣事呢！这可能是由于形成白内障的不溶性蛋白质在雷电的强磁场作用之下，变得可溶了。印度医学家还因此研创了对早期白内障有较好疗效的"白内障磁场治疗法"。美国约翰斯·霍普金斯大学的神经科医生纳尔森·亨德列尔则认为，类似的"雷电治病"有可能是雷电使人体产生了突变。

墙内开花墙外红
——德国不要计算公式吗

提起欧姆（1789—1854）和他发现的欧姆定律，学过电学的人都不陌生。不少人都不知道，这一定律是在发现的 15 年后，不是在他的祖国——德意志，而是在英吉利海峡那一边——英格兰获得承认的。

1826 年，欧姆在《论金属传导接触电的定律及伏打电池和斯威格尔倍加器的理论》和《由伽伐尼电力产生的电现象的理论》两篇论

欧姆

文中，分别公布了他由实验得到的全电路欧姆定律和部分电路欧姆定律。1827 年，他又应用法国科学家傅里叶（1768—1830）热分析理论和数学方法，从热和电的相似性出发，通过类比，从理论上导出了欧姆定律，发表在著作《用数学推导的伽伐尼电路》（以下简称《电路》）中。这样，由实验得到并用数学方法进行理论推导的欧姆定律，就完全被确立了。

欧姆的著作，是德国 19 世纪史无前例的数学物理著作。在德国的物理学界，它具有划时代的意义：以前的成果仅是靠经验和实验归纳得到的，而欧姆定律则是认真分析和数学演绎完美证明了的实验成果。

不幸的是，这一科学方法没能很快被德国科学家普遍接受，他们

片面强调实验的重要性，忽略理论的概括作用，更忽略了伽利略开创的数学物理演绎法。德国物理学家孟克（1772—1847）就说："如果我们诚心诚意地为着促进科学的发展，并且正确全面地考虑目前物理学状态的话，那么我们更需要的是观察和实

部分电路欧姆定律 $I = U/R$

验，而不是计算和几何公式。"由此可见，欧姆的工作在德国物理学界的确有划时代的意义，然而在当时忽视理论分析的德国物理学界，欧姆的工作必然得不到承认。

事实的确如此。欧姆将他的《电路》送了一本给普鲁士教育部长苏尔兹，并附信请他把自己安排在大学工作，以便有更好的实验条件而进一步研究电学。苏尔兹对欧姆的工作毫无兴趣，勉强把欧姆安排在柏林的一所军校里工作。迫于生计，欧姆只好勉强上任。更令人遗憾的是，搞物理的一些名人也对欧姆的成就漠然置之，有的甚至还反对攻击——鲍尔（1788—1849）就是其中最典型的一个。他撰文攻击欧姆的著作："以虔诚眼光看待世界的人，不要去读这本书，因为它纯粹是不可置信的欺骗，它的唯一目的是要亵渎自然的尊严。"他要置欧姆和他的学说于死地。

欧姆生性倔强，并没有向这种否定他的学说的强大势力低头，决心让社会评判。1829年3月20日，他给巴伐利亚王国（现在的德国境内）的国王（1825—1848在位）鲁德维格一世（1786—1868）写了一封信，说："我的科学著作是具有广泛影响的，它已经受到了公众的注意。我遗憾地说，现在我只遇到唯一的反对者——鲍尔，他的观点是建立在德国哲学家黑格尔（1770—1831）的原理基础上的。"原来，苏尔兹和鲍尔等人，都是黑格尔思想体系中唯心主义的信奉者。他们反对"计算与公式"，也就不足为奇了。

鲍尔全名乔治·弗里德里希·鲍尔，是一位学习过神学的德国物

理学家，1829 年开始担任弗里德里希·威廉大学（Friedrich - Wilhelms - University）的教授。

鲁德维格一世在新科学发现与黑格尔唯心主义的严重对立面前束手无策，好在他没有利用强权胡乱当裁判，而是把欧姆的信转给了巴伐利亚科学院，责令组成一个专门学术委员会讨论欧姆的著作并做出评价。可惜的是，在这个不乏名流大家的委员会中，竟无人能做出正确的评判。于是，皮球被踢给了在科学界颇有影响的大哲学家、国王的密友谢林（1775—1854），但当委员会的科学家们去征求谢林的意见时，他"聪明"地不予置评——对欧姆的成果，也没能慧眼识珠。

也有几个中青年科学家接受了欧姆的成果。1829 年，德国心理 - 物理学家费西纳（1801—1887）在《伽伐尼电学和电化学教科书》中，就第一次运用了欧姆定律。德国化学家斯威格尔（1779—1857）也在他主编的《化学和物理学》杂志上发表了欧姆的论文；他还在 1830 年 4 月 21 日写信鼓励欧姆说："你对《年鉴》的贡献是最成功的，我希望你继续经常把这样的重要论文发表出来。""请相信，在乌云和尘埃后面的真理之光最终会透射出来，并含笑驱散它们。"遗憾的是，由于人微言轻，这些支持和

费西纳　　　　斯威格尔

承认并没能使欧姆的成果被广泛接受。

1831 年，著名科学家波立特无意识地重复了欧姆的实验，也得到了和欧姆相同的结果。于是，他发表了一篇论文，才使那些持偏见的人的看法有所改变，逐渐注意到欧姆的工作并开始承认他的成果。

最终，在上述中青年科学家，以及德国的波根多夫（1796—1877）、美国的约瑟夫·亨利（1797—1878）、英国的惠斯通（1802—

1875）、俄国的楞次（1804—1865）等物理学家的支持下，欧姆定律得到承认。

欧姆定律得到承认的标志之一是，1841 年，英国皇家学会授予欧姆最高科学奖——科普利奖；还吸收他为英国皇家学会外籍会员。正是"花开德意志，果结英格兰"。然而，这离欧姆定律的发现，已经15 年了！

世界闻名的科普利奖，以富有的英国地主、艺术品收藏家、英国皇家学会的高级会员戈弗里·科普利（1653—1709）爵士的捐赠与遗赠设立。从 1731 年开始，科普利奖每年

周围加上了美化图案的科普利奖章

（后来有中断）颁发一次，授予研究自然科学的取得重大成果的科学家（通常是 1 人，少数年份是 2 人），获奖者会得到一枚镀金银质奖章和100 英镑奖金（当时是相当大的数额）。获奖成果要发表过，或者向英国皇家学会通报过。该奖由英国皇家学会的理事会评定，并规定现职理事会成员不得获奖，以防不公。

后来，除了前述科学家，许多著名的物理学家都先后肯定了欧姆的成果。其中有德国的高斯和韦伯（1804—1891），英国的麦克斯韦。

英国和世界上其他国家的承认，使欧姆的祖国终于认识到他的价值。1849 年，慕尼黑大学终于聘请 60 岁高龄的欧姆为教授，欧姆终于实现了自己青年时代的当一名第一流大学教授的理想。的确，正如印度诗圣泰戈尔（1861—1941）所说："星星不怕看起来像萤火虫。"

"满园春色关不住，一枝红杏出墙来。"在等待科学界承认的漫长岁月里精神上饱受折磨的欧姆，终于迎来了被世人公认的那一天。

欧姆定律被推迟多年才在异国他乡得到承认，给我们多方面的哲理或启迪。

首先，"不要计算和公式"的保守思想和对黑格尔唯心主义的信

仰，是科学发展的大敌。

其次，欧姆在推导时采用的完全绝缘法——要求电传导时导线与周围是完全绝缘的，这正是伽利略和牛顿早已采用过的"理想实验"——一种基本物理方法。

再次，欧姆1825年的论文《金属导电规律的初步探索》在排版付印过程中，他又重复进行了实验，发现实验结果与论文中的公式并不完全吻合，于是立即与出版商联系，要求暂缓发行。

欧姆的实验装置

由于论文已经印好，出版商不肯重印，只同意另外发一短文来纠正。欧姆出于无奈，只好勉强同意了这一做法，结果论文和短文都发表了。短文补充了导体长度趋于无穷大的时候电路中的电流量趋近于零的事实——这是他一年后发现的欧姆定律的内容。这却引起了许多科学家的嘲讽——他们对欧姆"出尔反尔"的做法很反感。在这种情况下，欧姆的观点当然就无法得到他们的承认了。可见，科学家在公布成果的时候，既应大胆果断及时，又不能草率急于求成，应发表在反复试验核对之后；对敢于公开承认自己的失误并立即纠正的科学家，不应抱有成见。

最后，从德国科学界和哲学界在欧姆定律面前的错误态度可以看出，一些科学真理要得到承认，必然要走过"水千条山万座"——特别是当这些真理"走在时间前面"的时候。为了尽快地使这些真理得到承认，健全评价体系，完善评价方法，提高评价水平等问题就尖锐地摆在我们的面前。

在湖南的岳麓书院门口，有一副"惟楚有材，于斯为盛"的对联。当时德国的"大家"们反对欧姆的另一个原因是，他仅仅是一个中学教师——本国的中学教师怎么能解决国内外大师都没能解决的难题呢？由此可见，当时德国的"大家"们，并没有这副对联所反映的磅礴大气和"人才就在本土"的正确意识。"人才就在本土"是培养、发现和使用人才的人们应该具备的意识。在一些人用国籍、所在地、文凭、学历和工作单位等的"优劣"，来作为评判人才的标准的时候，我们应告诉他一句中国的谚语："英雄不问出处，登枝就是凤凰。"

时间之帚扫清阴霾雾障之后，真理的阳光必将普照生机勃勃的大地。不管是 15 年，还是 150 年！

"幸运女神"垂青"小善"

——法拉第和莫瓦桑

"《戴维爵士讲演录》?"

英国皇家学会会员、化学家戴维成了"丈二和尚"——"我从来没有出版过什么讲演录,从哪里来的书?难道是欧洲大陆上的国家跑在英国前头,出版了我的讲演录?"

1812年圣诞节前夕的12月24日早晨,皇家学院的仆人给戴维送来一封信。当戴维看见信中一本四开本的大"书",书脊上印着烫金的《戴维爵士讲演录》的时候,他莫名其妙。

戴维好奇地打开"书",发现它是手写的。扉页上用工工整整的印刷体和手写体写着"四次讲演(化学哲学纲要讲座的部分记录),戴维爵士(法学博士,皇家学会秘书,等等)讲于皇家学院。迈克尔·法拉第记录整理,1812年"。

FOUR LECTURES
being part of a Course on
The Elements of
CHEMICAL PHILOSOPHY
Delivered by
SIR H DAVY
LLD ScRS FRSE MRIA MRJ L.b
at the
Royal Institution
And taken off from Notes
by
M FARADAY
1812

"《戴维爵士讲演录》"扉页

显然,写、寄这本"书"和信的,是法拉第。

那法拉第为什么要这样做呢?

原来,法拉第听过戴维的"发热发光物质"等四次生动的讲演之后,被彻底迷住了。年轻的法拉第本来就想正式进入科学殿堂,于是用了这块"敲门砖"。而此前法拉第写给皇家学会会长兼皇家学院院长约瑟夫·班克斯(1743—1820)的自荐信,就碰了"钉子"——在一个星期以后被班克斯的仆人告之"班克斯爵士说，你的信不必回复"。

戴维信手翻下去的时候，怔住了。自己那四次讲演总共才讲 4 个多小时，法拉第竟然记下了 386 页！娟秀的书法，精美的插图，严肃、认真和一丝不苟，其中有多少爱戴、敬仰和信任啊！

戴维被感动了，它勾起了自己对往事的回忆。十几年以前，自己不是也像现在这个法拉第一样出身低微、贫穷和屈辱，没有受过充分教育，命运是当学徒么！

戴维对法拉第产生了同情，还从法拉第身上看到了以前的自己——敢于向命运挑战，勇于追求，憧憬未来……

戴维还看到了自己身上的不足之处——工作比较杂乱，不够严密和细致。

一个诚挚、勤奋、坚毅、有天分和有献身精神的青年站在自己的面前了，他缺少的只是机会。现在他请求给他机会，该怎么办呢？

就在当天晚上，戴维给住在韦默思街的法拉第写了一封回信，同意会见他。第二天，就派人给法拉第送过去。

当天晚上，法拉第就收到了一件美妙的圣诞礼物——戴维的回信！

1813 年 1 月底，法拉第终于在伦敦阿伯马尔街 21 号的皇家学院和戴维相会了——迎领他的是戴维的助手佩恩……

从此，报童法拉第当了戴维的助手，走上了科学之路。

一个报童为什么有这样的幸运呢？他的同胞弗朗西斯·培根给出了答案："一个人具备许多细小优良的素质，最终都可能成为幸运的机会。"

因为"细小优良的素质"成为"幸运儿"的，还有和法拉第"隔海相望"的一个法国少年。

1867 年仅存"傲霜枝"的季节，巴黎自然历史科学院讲堂。一个衣着单薄褴褛的 14 岁孩子，站在讲堂门外凛冽的秋风里，聚精会神地"偷听"里面科学家的讲演。

突然，"滚开，别站在那里……"的骂声传来。

原来，一位"高贵的"讲演者发现了他……

孩子伤心地流下眼泪，只好悄悄地准备离开。正在这时，一个年约 50 的法国科学院院士闻声走出讲堂，当他问明事由后，立即亲切地安慰了这个孩子。

纪念莫瓦桑的邮票

这个孩子，就是过了 39 年之后独享 1906 年诺贝尔化学奖的莫瓦桑（1852—1907）。这个院士，就是法国化学家圣-克莱尔·德维尔（1818—1881）——他以发明一种提炼铝的方法闻名于世。

莫瓦桑的成功，得益于在后来艰难的岁月里德维尔和另一位名叫杜白雷的化学家的真诚帮助——例如，让莫瓦桑在他们的实验室里当了半工半读的学徒，得以继续学习。

那么，和"小人物"莫瓦桑"非亲非故"的"大人物"德维尔，为什么要帮助莫瓦桑呢？没有别的，还是那个"细小优良的素质"——一个穷孩子没有直接去为"吃穿"奔忙，而是悄然站立在瑟瑟秋风之中听讲座……

谁能把自己变为"贵人"？"救世主"在哪里？有的人经常这样质问"苍天"。

"自己就能把自己变为'贵人'。"法拉第和莫瓦桑的经历就是例证。

这种例证不仅出现在科学领域。

19 世纪 20 年代的美国，一个风雨交加的夜晚。

一对老夫妇匆忙跑进一间旅馆要住宿。旅馆里年轻的夜班服务员礼貌地说："非常抱歉，今天的房间已经被早上来开会的团体订满了。你们可以住在我的房间，它虽不豪华，但挺干净。我要值班，可以在办公室休息，顺便处理有关账目。"

这个服务员的态度很诚恳。

老夫妇接受了服务员的提议，并对由此带来的不便向服务员表示了歉意。

第二天，老夫妇去结账，服务员礼貌地拒绝了："昨天您住的房间并不是客房，所以不收钱。"

老先生点头称赞："你是每个旅馆老板梦寐以求的员工，或许以后我可以帮你盖一座旅馆。"

服务员对这"天上的馅饼"有点受宠若惊——但他只当一句玩笑话，因为他知道"天上掉不下馅饼，但能飞来横祸"。

几年以后的一天，服务员收到一封挂号信。信中除了讲述当年那个风雨交加的夜晚的故事，还有一张邀请函和赴纽约的双程机票。

好奇的服务员要去看一看这个"馅饼"，就到了纽约。在第五街34号矗立着的一栋华丽新大楼的门口，他找到了当年的那位老顾客。老顾客对他说："这就是我为你盖的旅馆，希望你来经营。"

"是不是有什么条件？你为什么要选择我？你到底是谁？"服务员迷惑不解。

"我叫威廉·阿斯特，对你，我没有任何条件——我说过，你就是我梦寐以求的员工。"

这座旅馆，就是在1931年启用的华尔道夫饭店，是纽约地位的象征，也是各国政要下榻纽约的首选。接下这份工作的，就是奠定"华尔道夫世纪"的乔治·波特——当年的那个年轻的服务员。

是什么改变了这个服务员的命运？毋庸置疑，是他遇到了"贵人"。如果当年他因客满而让那对老夫妇流落在狂风暴雨的街头，就得不到这份天上掉下来的"馅饼"。这也正如古罗马（出生地，今属意大利）诗人维吉尔（公元前70—前19）所说："命运厚爱善良的人。"这和"播种爱的人将收获喜悦"异曲同工。

人生充满了许多机遇，学会对每一个人都热情相待，让"细小优良的素质"成为你通向幸运的桥梁——自己就是无与伦比的"贵人"。

从牛顿到夫琅和费
——光谱分析法面前的曲折

"天体的化学成分是人类永远无法认识的。"法国实证主义哲学家孔德（1798—1857）从1825年开始，陆续写了6卷本的巨著《实证哲学教程》（*The Course in Positive Philosophy*），出版于1830—1842年。他在这本书中如此说。

孔德"幸运"地把这个错误观点一直坚持到他辞世之前1年的1856年。他的遗憾和"幸运"，都是因为没有活到他的这个观点被证谬的1859年。

其实，世界上没有"永远无法认识"之物，只有现在尚未认识之物。

1859年10月29日，德国物理学家基尔霍夫（1824—1887）和他的同胞、化学家本生（1811—1899），公布了光谱分析法，并利用此方法发现了太阳中有钠、镁、铜、锌、钡和镍等元

基尔霍夫　　　本生

素。接着，在1863年，英国天文学家哈金斯（1824—1910）又在其他恒星中发现了钠、铁、钙、镁和铋等元素。到此，"天体化学成分不可知论"寿终正寝。

那么，他们是用什么方法知道那些天体中有这些成分的呢？

光谱分析法以其灵敏、快捷和可分析不能"接触"的遥远天体的组成等优点，成为化学分析不可或缺之法。遗憾的是，此前却经历了无数曲折——

早在 13 世纪初，德国传教士西奥多里克（约 1250—1311）就用实验模仿过天上的彩虹。1637 年，法国科学家笛卡儿（1596—1650）在他的《方法论》附录中介绍了他分解太阳光的实验。由于他的光屏离棱镜太近——仅几厘米，所以仅看到两侧的红光和蓝光，而没有看到其他几种色光。

让·马尔库斯·马尔西

1648 年，布拉格大学校长、捷克医生、物理学家让·马尔库斯·马尔西即约翰内斯·马尔库斯·马尔西·德·克龙兰德（1595—1667），在世界上首先成功地用棱镜演示了光的完整的色散，但他的解释却是错误的：红光是浓缩了的光，蓝光是稀释了的光，光受物质的不同作用而呈现"五颜六色"。由于解释现象时的主观猜测和观察不细致，他没有发现七色光之间的暗线。

1666 年，牛顿做的色散实验的光谱宽度只有 25 厘米，也没有观察到其中的主要暗线，因而认为光谱是连续的，更没有对"五颜六色"发生的原因进行研究和解释。

1802 年前后，英国化学家武拉斯顿（1776—1828）终于成功地观察到太阳光谱中的七条主要暗线。他把这些暗线主观地解释为是各种色光的自然分界线，或者归因于棱镜的某些缺陷。

暗线成因的正确解释最终被德国物理学家夫琅和费（1787—1826）找到。1814 年，他发现上述暗线有 600 多条（至今已发现了 3 万多条），而

夫琅和费

不是 7 条。他细心地测定并深入研究了其中的 576 条，并在慕尼黑科学院展示了这些后来称为"夫琅和费谱线"的太阳光谱图。

夫琅和费的进步主要有三。一是发现的暗线较多。二是他判断暗线不是源于棱镜的缺陷而是太阳光谱固有的。三是他还观测到其他星球的谱线与太阳光谱线不尽相同，而电火花的光谱与太阳光谱和火焰光谱都不同——在这种光谱中出现一些亮线，一条位于光谱绿色部分的亮线显得格外明亮。

可惜的是，夫琅和费也没有对这些现象进行深入研究，更没能领悟到这些发现在科技上有什么重大意义。

赫谢尔

1823年，英国数学家、天文学家、化学家、发明家约翰·弗里德里希·威廉·赫谢尔（1792—1871）爵士终于指出，每种元素只会产生自己特有的线状光谱。他还建议通过这些光谱来检验某种元素是否存在。1825年，把某一特征光谱与某一特定物质联系起来的世界上第一人——英国摄影学家（摄影术的先驱之一）、发明家威廉·亨利·福克斯·塔尔波特（1800—1877），观察到钾盐发特有红线，钠盐发黄线。赫谢尔与塔尔波特分别从原理上和实践中，把物质和它的特征谱线联系起来，成为光谱分析法的先驱，但都没有付诸实施。

1849年，法国物理学家傅科（1819—1869）发现，电弧光黄橙两色光之间的明线不是一条而是两条。他还发现电弧光发出且也从外光源吸收这两条光线——可见已有了"吸收光谱"的概念。

塔尔波特

1852年，瑞典物理学家埃格斯特朗（1814—1874）在一长篇论文中指出：无论单质还是化合物，某一种金属都发出相同的光谱。这就相当明确地指出了各元素都有各自的"光谱指纹"。

1854年，美国科学家阿尔特（1807—1881）终于正式明确提出了光谱分析法的概念：一个元素的发射光谱与其他元素的发射光谱比较，无论是谱带的数目、强度和位置，都互不相同；因此，用一块棱镜就可以把地球和其他星球上的元素检验出来。

1859 年，光谱分析法终于在基尔霍夫和本生这对珠联璧合的搭档手中产生。

为什么说他们是一对珠联璧合的搭档呢？

基尔霍夫和本生发明的分光镜

基尔霍夫出生在哥尼斯堡即后来的加里宁格勒，几经辗转之后于 1854—1875 年任海德堡大学教授。他以发现基尔霍夫第一定律、第二定律——电学中的两个定律闻名于世。

本生出生在哥廷根，举世闻名的"本生灯"—— 一种煤气灯就是他在 1853 年发明的。

就在基尔霍夫任海德堡大学教授期间，这两位科学家相遇了。一位是有坚实牛顿力学基础的物理学家，一位是当时第一流的化学家，取长补短，相得益彰。本生原来用滤光镜研究光化学——研究吸收或产生光的化学反应的化学分支，基尔霍夫建议采用三棱镜，效果当然好多了。他们终于通过实验，发明了此前的科学家没能完成的光谱分析法。

并不是每个人都能认识光谱分析法的重大意义。基尔霍夫的财产经管人——一位银行家就是其中之一。他问基尔霍夫："如果不把太阳中发现的金子拿到地球上来，发现它又有什么用呢？"基尔霍夫当时没有回答。后来，基尔霍夫因发明光谱分析法被英国授予金质奖章和奖金。他把它们交给这位管家的时候说："这就是我从太阳中取回的金子！"

从不止一人错过发现光谱分析法良机的曲折史实中，除了可以得到"不能主观臆测"和"实验观察要深入细致"这两个教训，还能得到另外一个重要的哲理。

科研必须追本穷源，刨根究底。武拉斯顿和夫琅和费都看到了太阳光谱中的暗线，但就是没穷追不舍，失去"碰到鼻子尖"的机会。

"我没有什么特殊技能，不过喜欢寻根刨底追究问题罢了"。爱因斯坦的这一名言，不但道出了成功的奥妙，而且道出了这个哲理。它是成功者与失败者的重要差别——不都是能力上的差别。

"拒绝"成就了大家
——麦克斯韦和王安

"IBM 搞的是'高'科技，你们'矮'小的中国人能行吗？我看，你还是趁早到哪个汽车修理厂去碰碰运气吧！"

"一盆冷水"泼在一个中国人身上。

谁，为什么要泼"这盆冷水"？这个中国人是谁，他受得了吗？

泼冷水的是财大气粗的美国 IBM 公司的员工，这个中国人是王安（1920—1990）。

出生在上海的王安，于 1940 年在上海交通大学电机工程系毕业并获得理学学士学位。

1945 年 4 月 25 日，王安只身赴美留学。初到美国的王安想要寻找一家公司工作。这时，他想到了大名鼎鼎的 IBM——他神往已久的公司。于是，他按捺不住内心的激动，敲开了 IBM 的大门，一个身材肥胖的家伙接待了他。王安心中升起一

王安

丝畏惧感，使原本不太流利的英语更加语无伦次——费了好大的劲，他才说清楚自己的目的。那人听后，哈哈大笑，就以轻蔑的口气向王安泼下前面那盆冷水。

偏见和歧视，使王安怒不可遏，他愤然离去。这次经历成了他铭心刻骨的记忆。

骨子里充满了中国的传统文化和强烈的民族自尊的王安，早已燃

起了立志要在美国干一番事业的火焰，所以这朵火焰并没有被这盆冷水浇灭。

1945 年秋，王安迈进了哈佛大学的校门，并在 1948 年 2 月获得了哈佛大学应用物理的博士学位，同年春进入哈佛计算研究所工作。

1948 年，王安在研究所里发明了"记忆磁芯"。

…………

1955 年，王安自己正式成立了计算机公司。

…………

20 世纪 80 年代，王安以众多的发明和巨大的商业成就，成为"电脑巨人"。

麦克斯韦夫妇和
他俩的小狗托比

1986 年 7 月 3 日，美国建国 210 周年纪念日的前一天，里根总统郑重地向美籍华人王安博士颁发了"总统自由勋章"，同时被授予该勋章的，还有前国务卿基辛格博士和教皇保罗等著名人士。王安高兴而自信地向记者说："这说明一个像我这样的移民，在美国是可能得到机会的。"这一切，还得感谢当年那个 IBM 肥胖员工的"拒绝"——如果不是他"门缝里看人"，王安也许还是 IBM 的一个同样肥胖的员工哩！

由此可见，遭到"拒绝"并不一定是坏事。科学史上这类事件不胜枚举——英国物理学家詹姆斯·克拉克·麦克斯韦（1831—1879）能创立经典电磁学理论，也源于一次"拒绝"。

1847 年，16 岁的麦克斯韦进入爱丁堡大学，3 年后转入剑桥大学，1854 年从剑桥三一学院数学系毕业，并留校任教两年。

1856 年初冬，麦克斯韦来到苏格兰阿伯丁的马里斯凯尔学院（Marischal College），当了 3 年多的自然哲学教授，并在其间的 1858 年和院长丹尼尔·杜瓦（Daniel Dewar）的女儿凯瑟琳·玛丽·杜瓦（婚后名凯瑟琳·玛丽·麦克斯韦——Katherine Mary Clerk Maxwell,1824—1886）结了婚。这里说的自然哲学，就是指现在的物理学，古代有时也泛指自然科学——例如自然科学家也被称为自然哲学家。

1860 年，马里斯凯尔学院和另一家学院合并，要裁减教职员，在这种情况下，麦克斯韦当年就向母校爱丁堡大学申请自然哲学的教授席位。

这次，一同申请的有三个人。论学问，麦克斯韦无疑是三个人中的第一，因为在阿伯丁期间，他解开了土星光环之谜，用动力学的方法论证光环是由无数离散的质点构成的——38 年之后被一位美国天文学家证实；他还运用统计方法，得到了气体分子运动速度的分布规律——麦克斯韦速度分布律。仅仅这两项成就，就足以使他跻身于欧洲第一流的数学物理学家的行列。

爱丁堡大学当局对三个申请人进行了面试以后，麦克斯韦被"拒绝"了。理由是，"口头表达能力欠佳，难以胜任教学工作"。

麦克斯韦在故乡苏格兰碰了钉子。

"此处不留人，自有留人处。"1860 年秋天，伦敦皇家学院（即国王学院）请他担任自然哲学和天文学教授，他和妻子一起来到伦敦。

既然来到伦敦，就有了拜访 30 年以来电磁学发展的核心人物法拉第（1791—1867）的机会——这也是麦克斯韦多年的夙愿。

一个晴朗的秋日，麦克斯韦如愿拜访了比他大 40 岁的法拉第。两位忘年神交一见如故，马上侃起他们共同关心的问题——力线、场、电磁和光……

在这次"世纪约会"几年之后，在物理学史上具有伟大的象征意义的经典电磁学理论诞生在麦克斯韦的笔下。它象征着实验和理论的完美结合。

像王安和麦克斯韦这类"被拒绝"，是很普遍的现象。当年爱因斯坦"穷途末路"的时候，听说荷兰莱顿大学的卡曼林·昂纳斯（1853—1926）要招一个实验室助手，就去信求职。结果，被昂纳斯拒绝了。1983年，在日本东北大学学电气工程毕业的田中耕一（1959—   ）报考索尼公司，被拒绝。他只好到东京的科学仪器公司岛今制作所，研究"有机高分子质量分析法"。最终，这个日本人成了著名的化学家，与另外两位科学家共享2002年诺贝尔化学奖。

光有别人的"拒绝"是不够的。下面就用王安的经历说明这一点。

成功的王安后来声称，影响他一生的最大的教训，发生在他6岁的时候。有一天，他外出玩耍。路经一棵大树的时候，突然有什么东西掉在他的头上。他伸手一抓，原来是个鸟巢。他怕鸟粪弄脏了衣服，于是赶紧用手拨开。

鸟巢掉在了地上，从里面滚出了一只嗷嗷待哺的小麻雀。小王安很喜欢它，决定把它带回家去喂养，于是连鸟巢一起带回了家。

小王安走到家门口的时候，忽然想起妈妈不允许他在家里养小动物，所以他轻轻地把小麻雀放在门后，匆忙走进去，请妈妈网开一面。

在小王安的苦苦哀求下，妈妈破例答应了儿子的请求。他兴奋地跑到门后，不料，小麻雀已经不见了。一只黑猫正在那里意犹未尽地擦拭着嘴巴——他为此伤心了好久。

王安说，这件事给了他终身有益的教训：只要是自己认为对的事情，绝不可优柔寡断，瞻前顾后，必须马上付诸行动；不能做决定的人，固然没有做错事的机会，但也失去了成功的机运。

读者朋友，勇敢地面对人生不可避免的"拒绝"吧，因为"世界总是放开双手，准备笑纳英才"！

当不了讲师当教授
——生活选择的哲理

"太令人气愤了。"1872年的一天，怒气冲冲回到家中的德国年轻人伦琴（1845—1923），一反往常的温文尔雅，像一头被激怒了的狮子，冰冷发青的脸上，双目充血，吓得新婚的妻子安娜·贝尔塔·鲁德维格慌了手脚。

"啊呀！怎么啦？"

"安娜，你和我在一起得不到幸福啦！"伦琴的嘴唇颤动着，在房间里不停地兜着圈子。

伦琴

"为什么？到底是为什么？"

"那些家伙说我没有高中文凭，不能当讲师！"

"唉，原来是为这个……"妻子松了口气，轻声叹道，"这么一点小事，你就觉得天塌地陷了吗？"

"不，你不明白……"伦琴仍然固执地向妻子解释。

伦琴要向妻子解释什么呢？

原来，伦琴在1862年12月27日进入荷兰乌得勒支（高中）技术学校读书。快要毕业的时候，班上一个有艺术天分的学生，在教室的火炉挡上用粉笔画了一幅老师的滑稽漫画，讽刺一位他讨厌的老师。正当伦琴在欣赏同学的"大作"的时候，校长突然走进了教室，打断了他放肆的笑声。盛怒的校长追问伦琴，要他说出讽刺漫画的"原创者"，但是，伦琴认为告密是可耻的，坚决不实话实说。校长只好找来教导主任，进行使人难堪的盘问，但伦琴固执地不肯"告密"。结果，校方为了安抚那位盛怒的老师，认定伦琴既"犯错误"又"撒谎"——勒令其退学。尽管伦琴于 1869 年 6 月 22 日在瑞士苏黎世大学获得了博士学位，而今已当了德国乌兹堡大学奥古斯都·阿道夫·爱德华·埃伯哈德·孔特（1839—1894）教授的助手，却万万没

孔特

有想到，在这个晋升讲师——大学的初级职衔的关键时刻，那帮死守成规的老学究们翻出了这本陈年老账……

伦琴越说越觉得想不通，不料妻子在听完叙述之后，却突兀地问道："那么，因为这个，你就不能再搞研究了吗？"

"当然不是这个意思。"伦琴不知所措地回答。

"既然如此，为什么不继续搞你的研究呀！"妻子继续追问道。

伦琴一下子怔住了。是呀，为了区区小挫折，犯得着如此沮丧吗？只要研究不中断，难道还没有出头之日吗？

德国物理学家孔特完全了解伦琴的真才实学，在多方为伦琴奔走都失败之后，断然决定把他介绍到新成立的斯特拉斯堡威廉皇家大学。他劝伦琴说："我想，那是一座刚刚成立不久的大学，对教师的资历不会像乌兹堡那样挑剔的，这正对你有利……"

原来，位于阿尔萨斯－洛林首府的斯特拉斯堡威廉皇家大学，创立于 1567 年。从法国大革命以后，它一直处于瘫痪状态。在普法战争之后，才重新开办，拥有完善的设备和优美的校舍。

伦琴仍犹豫着，但孔特教授却斩钉截铁地说："你再没有必要待在这个是非之地了，这里的'教授会'的当权人简直就像搞黑市交易似的，何必要在此与他们一赌输赢呢？一直往前走吧，你一定会名声显赫的，我看了你最近的论文，我敢打赌，虽然乌兹堡大学拒绝任命你做讲师，但斯特拉斯堡大学一定会聘任你当教授的……"

老教授的一席话，说得伦琴怦然心动——在1872年4月1日到了斯特拉斯堡威廉皇家大学。果然不出所料，斯特拉斯堡威廉皇家大学的科研条件虽不如乌兹堡，但由于人才缺乏，却正好给伦琴创造了施展才能的机会。伦琴很快脱颖而出，成为该校年轻人中的佼佼者，不仅当了讲师，而且真的出人意料地接连晋升为副教授、教授，这是在那个老气横秋、压抑人才的老牌大学，做梦也无法想象的。

不久，伦琴的科研成果"伦琴电流"，达到了世界公认的高水平。一位大物理学家评论说："伦琴的发现是个极优秀的东西，仅这一点就够在物理学史上万古流芳。"

盛誉之下，那个连高中文凭都不愿发给他的乌得勒支市竟然主动邀请伦琴去乌得勒支大学任教授。曾坚决不让伦琴升讲师的乌兹堡大学，也不得不以物理教授和物理研究所所长的要职，来聘请这位当时德国最优秀的物理学家——后来伦琴还成为这个大学的校长。

生命，必须选择适合于自己的生存环境，老虎的本事再大，也只能在山林里施展。伦琴能够找到一座他自己驰骋的"山林"，才会从"虎落平原被犬欺"的困境中摆脱出来，最大限度地释放出生命的能量：在1895年发现震惊世界的X光，获得了科学界的最高荣誉——独享1901年的首届诺贝尔物理学奖。

这一切，都"证明"了"当不了讲师当教授"这个"生活选择悖论"——也是哲理。

实际上，许多科学家都面临过和伦琴类似的选择——当然有时是被动的选择，匈牙利数学家波尔约（1802—1860）就是其中的一个。他1822年到军队从事军事研究，但不幸在1833年遭车祸致残之后，就被迫退役回家研究数学，结果创立了非欧几何。

"生活是不公平的，要去适应它。"比尔·盖茨这样认为。生活中必然会出现困难，但困境有时是埋葬人的墓穴，有时也可以是求取新生的起点。人生是赌死在一条路上，还是改弦易辙？伦琴和波尔约成功的经历，应验了中国的那句古话——"树挪死，人挪活。"

0.5毫米，一个又一个
——莺鸟啄食和发明电话

在美国波士顿法院路109号门口，钉着一块青铜牌子，上面写着："1875年6月2日，电话机在这里诞生。"

我们知道，第一部电话机是出生在苏格兰爱丁堡的美国发明家贝尔和他的助手托马斯·奥古斯都·沃特森（1854—1934）发明的。但是，德国理科教师、发明家约翰·菲利普·莱斯，却在此前的1874年向美国最高法院控诉贝尔，说电话机的发明权应归他所有——在1859—1860年，他就能把声音传到100米远，并且还于1861年秋在法兰克福物理协会以及1864年在吉森召开的自然科学研究者工作大会上展出过他的"电话装置"。

法院立即对此进行了认真严肃的调查。调查结果表明，在贝尔之前，莱斯的确已经研制成功过一种利用电流进行传声的装置，能把声音传到100米以外，但是，这种装置只能进行单向传送，不能双方相互交谈。法院因此断定这种装置还不能称之为电话机。

早期的拨号盘式电话

贝尔却对自己的发明直言不讳，说他曾经参考过莱斯的实验装置。贝尔发现了莱斯装置中的不足，将莱斯装置中所有的间歇电流改变为连续的直流电，从而解决了话声短促多变的问题。接着，他比莱斯更加细心，把莱斯装置上的一颗螺丝钉往前拧了半圈——仅仅 0.5 毫米的距离，于是声音就能够相互传递了。

最后，法院判决的结果是莱斯败诉，电话机的发明权应该归属贝尔。

仅仅 0.5 毫米的距离，就让莱斯与一项影响深远的伟大发明擦肩而过。

不过，贝尔觉得他利用了莱斯的实验，同意和他共享电话的发明专利。莱斯却深怀感慨地说："我在离成功 0.5 毫米的地方失败了，我要终身记取这个教训。"坚决不同意与贝尔共享专利。

在动物界，也有一个 0.5 毫米决定成败的故事。

在南太平洋岛上，有一种莺鸟，它的食物是一种叫作蒺藜草的果子。这果子却不是"菜板上的肉"——它一身硬刺，果肉被一层厚厚的内核包着。莺鸟必须将果实顶在地上，又拧又咬；或顶在岩石上，用上喙发力，下喙挤压，直到筋疲力尽，才能艰难地啄开它美餐一顿。

科学家研究后还发现，莺鸟的喙必须要超过 11 毫米，才能啄开果子的外壳；喙长 10.5 毫米的莺鸟则会被活活饿死。

这要命的又一个 0.5 毫米啊！

事实上，许多事物的成败都取决于这些细枝末节。

体育竞赛差 0.01 秒甚至 0.001 秒就屈居亚军，考试成绩差 0.5 分达到 60 就不被录取，这些都是"0.5 毫米"的"相似版"。

有人说，人生的成败，主要就是看是否能走对那关键的几步。这话不无道理，但是，我们依

萨克雷

然要说，有时细节会决定成败。这正如英国小说家萨克雷（1811—1863）所说的那样："人生一世，总有些片段当时看来无关紧要，而事实上却牵动大局。"

"量子论"转圈 14 年
——普朗克的遗憾

"今天，我做出了一项重要发现，或许只有牛顿的发现才能与它相比。"1900 年的一天，父亲对一同在柏林近郊散步的儿子这样说。

这个父亲是谁，他做出的重要发现又是什么？

他就是德国物理学家普朗克（1858—1947）。他的重要发现，就是提出的革命性的"量子"概念和相关的"量子论"。

鲜为人知的是，普朗克却在自己的量子论面前，转了 14 年的圈，最后回到原地，造成终生的遗憾。真是："成也萧何，败也萧何。"

普朗克

量子论是由黑体问题的研究导致"紫外灾难"引出的。

1899 年，普朗克从热力学推出维恩辐射定律，并确定这是唯一正确的定律。在年底，他注意到德国物理学家鲁本斯（1865—1922）等人于 1899 年 9 月发表的实验报告中指出，维恩定律同实验有偏离，于是，他不得不尝试修改他的理论。1900 年 10 月 7 日下午，鲁本斯夫妇访问他的时候告诉他，英国物理学家瑞利（1842—1919）于同年 6 月提出的辐射定律在长波部分同他的实验结果一致。他受此启发，用内插法于当天晚上得到一个在各种波长下都与实验事实符合得很好的辐射公式。

1900 年 10 月 19 日，普朗克在德国柏林物理学会上以《维恩辐射定律的改进》为题报告了这一成果，后来发表在《德国物理学会通报》上。鲁本斯连夜进行了实验，证明普朗克公式的确与黑体辐射实验相吻合。

普朗克公式是根据实验数据凑出来的经验公式，得不到合理的理论解释，因此从理论上导出这一公式就成了普朗克的当务之急。他紧张地工作了4周，终于找到了公式中常量值的具体表示形式。又经过4周完成了他的量子论，从而克服了"紫外灾难"。他于1900年12月14日，向德国物理学会宣读了论述这一理论的论文《关于正常光谱的能量分布定律的理论》。

从此，量子论不但以它革命性的面目进入科学界，使量子力学得到持续至20世纪20年代末的大发展，还使人们传统的连续物质观得到革命。

量子论认为，物体在发射辐射或吸收辐射的时候，能量不是连续变化的，而是有一个不可再分的、最小的单元——量子。

自从微积分创立以来，人们就将物质世界的一切因果联系都建立在连续性这个假设的基础之上。德国数学家、哲学家莱布尼茨就说过："自然界无跳跃。"这一论断谁都没有怀疑过。现在，能量的变化竟然是不连续的，这不仅是对古典物理理论的离经叛道，而且也为常识所不容。

普朗克自己也说，这"完全是孤注一掷的行动""必须不惜任何代价去找出理论的解释"。由此可见，普朗克当时提出量子论的确是"胆大包天"的。

同时，也正是由于量子论的革命性，物理学界最初的反应是极为冷淡的。当初，人们只承认普朗克那个与实验一致的经验公式，而不承认他的理论性的量子论。直到1911年，荷兰物理学家洛伦兹（1853—1928）对这一理论仍持怀疑态度，瑞利和英国物理学家金斯（1877—1946）等几乎所有英、法的物理学家都不承认量子论。只有少数科学家，例如爱因斯坦，才敢于接受这一革命性的理论。

在这种冷淡和拒绝的压力下，普朗克支持不住了。他就像法国思想家卢梭（1712—1778）所说："人生而自由，又无时不在枷锁之中。"

普朗克于1903年在柏林的一次讲话中说，如果可能的话，他还是要避开量子论的，只是在没有任何出路时，他才别无选择地使用量子论；因此，他叮嘱别人"在将量子引入理论时要尽可能周密行事"。由于他自己也对量子论产生了信念上的危机，因此也越来越觉得广泛运用量子论是"非常冒险"的事。这样，他暂放下这一课题，转而研究紫外线发射问题了。

1909年，普朗克又重新研究量子论，但这时他已趋于保守。他要自己和别人"在将量子引入理论时，应当尽可能保守从事；这就是说，除非业已表明绝对必要，否则不要改变现有的理论"。此时，他费尽心机，企图将量子论纳入经典理论的框架，于1911年发表了《关于量子发射的解释》的论文，把1900年12月14日提出的吸收过程的量子化取消了，而代之以经典电磁理论的连续过程；并在论文中提出，虽然发射过程中在时间上是不连续的，但在空间上不存在不连续性的新理论。1912年，他又发表了《关于黑体辐射定律的论据》一文，用电动力学的观点研究吸收，用统计力学的观点研究发射，再次企图从经典物理学的框架中寻找吸收和发射的理论依据。由此可见，他在量子上转了一个圈之后，几乎回到了原地。

此时的普朗克心里还不踏实，因为发射过程还不是连续的，还不符合经典理论。于是在1914年，他又在《量子假说的另一种表述法》一文中，取消了发射过程的不连续性。经过这样"彻底的"削足适履的改造，他终于在花了14年转了一个大圈之后，彻底地回到了原地。

高、直径分别为15、70纳米的锗－硅量子点——"量子森林"，由托斯滕－兹欧姆巴在德国的一个实验室捕获

也许，这时他不再"担惊受怕"了——没有人会再对"荒诞不经"的量子论评头品足、指手画脚了，然而，他错了。他的量子论犹

如星星之火，已经点燃了一些青年（例如下面要说的爱因斯坦和玻尔）思想的火花，虽然在1914年还没有达到燎原之势。普朗克在1911年和1914年先后发表的两种"新理论"，在当时就受到了批评。此时量子论已百尺竿头，更进一步，并为世人公认。

一般认为，普朗克是量子力学之父，然而，我们却遗憾地看到他在自己创立的量子论面前的徘徊犹豫。

普朗克的遗憾，证实了一个深刻的哲理："为了追求真理，我们注定是要经历挫折和失败的。"这也是法国思想家狄德罗（1713—1784）的名言。

普朗克的遗憾，还证实了另一个深刻的哲理："科学绝不是也永远不会是一本写完了的书，每一项重大发现都会带来新的问题。"这也是爱因斯坦的名言。

那么，是什么给普朗克带来这么重大的遗憾呢？主要原因是当时的科学氛围和他中年开始的保守思想。由此我们得到第三个哲理：中老年人要吸取青年人的活力和创新精神，青年人要学习中老年人的经验和智慧，那就会有更多创新。事实上，爱因斯坦在1905年提出光量子论解释光电效应时年仅26岁，而丹麦物理学家玻尔（1885—1962）在1913年创立量子化原子模型时也年仅28岁。晚年趋于保守的爱因斯坦和玻尔，都没能再现能与上述成就相比的辉煌。

提出了一个伟大的思想，而它却仅仅给别人而不是给自己指路奠基，由别人而不是由自己建成"大厦"。普朗克"悲壮遗憾"的教训，在他因为创立量子论而独享1918年诺贝尔物理学奖的演说辞中有了总结："对于一个目标、一个目的，死不放手地追求，是研究者必不可缺的精神。"法国作家罗曼·罗兰（1866—1944）早就有这样的体验："前途并不属于那些犹豫不决的人，而是属于那些一旦决定之后，就不屈不挠不达目的誓不罢休的人。"

"表面异常"并不异常
——苏联学者痛失诺贝尔奖

"好消息！好消息！"

1986 年年底，从瑞士苏黎世的 IBM 研究所传出了一片欢呼声。

这个惊人的好消息是，德意志联邦共和国 IBM 研究实验室的德国物理学家约翰尼斯·乔治·贝德诺尔茨（1950—　）和瑞士物理学家卡尔·亚历山大·缪勒（1927—　），发现了转变温度高达 30 K 的超导材料——镧－钡－

贝德诺尔茨　　　缪勒

铜氧化物的无机陶瓷材料。更惊人的是，他们的成就立即得到肯定和表彰——第二年就分享了诺贝尔物理学奖。

现在看来，30 K 的超导体转变温度不值一提，因为 1993 年已经达到 164 K——发现它的是美籍华人朱经武（1941—　）领导的小组。

在 1986 年，这个 30 K 的确是一个了不起的成就，因为自从 1973 年 6 月美国威斯汀豪斯公司，在铌三锗合金（Nb_3Ge）溅射薄膜上得到 22.3 K 的转变温度和不久以后贝尔实验室的特斯迪塔（1930—　）在同样的薄膜上得到 23.2 K 的转变温度以来 10 多年，一直没有大幅提高。贝德诺尔茨和缪勒两人仅仅用了 13 年就又提高了 6.8 K，由此引起惊呼就不足为奇了，然而，最惊愕的还是苏联人。这又是为什么呢？

原来，苏联科学院无机材料研究所的夏尔布里津教授，是研究无机材料的专家。他早在 1978 年就合成了镧－钡－铜氧化物，并发现它在温度下降时有电阻明显减小的特性；但是，他的研究因资金匮乏曾一度中断。1980 和 1981 年，他终于恢复了试验，当他把温度降到 40 K 时，电阻突然消失。这就是说，他已经在 1981 年得到转变温度为 40 K 的镧－钡－铜氧化物。

当夏尔布里津向另一位"权威"的物理学家谈到这件事的时候，对方却漫不经心，对这一惊人的成就表现出不屑一顾的样子，说这可能是因为"表面异常"吧！结果，盲目地仰视"权威"而没有主见的夏尔布里津，放弃了研究，半途而废。

当 5 年以后贝德诺贝尔和缪勒两人发现 30 K 的超导材料的消息传来，特别是他俩荣获诺贝尔物理学奖以后，苏联科学家们才大吃一惊。他们所谓"表面异常"的判断失误，不但丢掉了科学大奖，还因此放弃了对超导的研究，导致苏联失去了在这一领域的优势地位！

东京大学的一位专家认为，夏尔布里津是世界上最先制成高温超导氧化物的人，因为此前的超导体要么是金属，要么是合金；就其论文的质量而言，他对晶体组成和结构的论述比贝德诺贝尔和缪勒两人更胜一筹。

"表面异常"的误判令人遗憾，值得记取的哲理是：凡事应刨根究底，不要轻信"权威"的断言。就像一句名言所说："最危险的一种权威，是那种放肆而专横的人，其断言决不可轻信，接受或拒绝，都看你自己……"

苏联雄厚的基础科研实力造就了超导研究的成果，然而科研环境不完善和夏尔布里津的轻易放弃、半途而废，同样应使我们引以为戒。

下面的一个"小青年"，就不一样了。

1932 年，一个性情豪爽的 19 岁的青年，在商人 A. 巴雷齐的资助下，满怀信心地从家乡——意大利北部的小村庄隆科莱，到米兰音乐学院报考。他擅长管风琴演奏，熟悉意大利宗教音乐和民间音乐，希望进校深造。

正当他踌躇满志地沉浸在对未来的美好遐想中时，一盆"凉水"泼来——主考老师嫌他土里土气，缺乏钢琴家的风采和气质，武断地对他说："你已经超龄，不必再参加考试了。"甚至还毒辣地断言："就凭你这副乡巴佬模样，也不瞧瞧，是学音乐的材料吗？还是趁早改行吧！音乐需要天赋，而这个，你没有……"

主考老师的连珠炮，一下子把乘兴而来的青年打懵了。他自幼酷爱音乐，经过几年的精心准备，满以为这次一定能考上正规的音乐学院，万万没有料到……

"我真的不行吗？我真的没有音乐天赋吗？"他反复自问。

如果他的意志稍不坚定，支撑思想的堤坝就会轰然倒塌；但是，他却有一种年轻气盛不服输的精神，没有在"音乐生命死刑宣判书"面前应声倒下。

他认真地回忆了自己在家乡担任管风琴手的经过——怎么能说没有音乐天赋呢？他不断问自己：我的长处是什么？我最擅长做什么工作？又靠做什么取得过引人注意的成绩？做什么最能体现自己的价值？结果，回答都只有两个字：音乐。

那么，这次报考为什么会失败呢？哦，好险——差一点被主考老师对相貌的第一印象毁掉了音乐天赋！

一切疑团都迎刃而解。他更加信心十足地走上了艰苦的自学之路。不时有人劝告他，如果继承父亲的酒馆和杂货铺，他的生活道路会平坦得多——为什么不听音乐专家的断言，趁早悬崖勒马，偏要一意孤行呢？对这样的话，他总是轻轻笑一笑，决定用行动来回答。

威尔弟

在师从作曲家、指挥家文森佐·拉维尼亚（Vincenzo Lavigna）并经过几年刻苦努力之后，他——朱塞佩·威尔弟（1813—1901）一跃成为意大利的一流作曲家。

威尔弟"死"而复"生"并走向成功的事实使人坚信，不能轻信"权威"和自卑。这应了美国总统（1933—1945 在任）富兰克林·德兰诺·罗斯福（1882—1945）的夫人的格言："你不同意，别人无法使你自卑。"

《飞吧，思想，鼓起金翅膀》，是威尔弟在 1842 年创作的《纳布科》——一部意大利人民反抗外国奴役的歌剧中的合唱曲。在 1901 年 1 月 27 日，他因脑溢血去了音乐天堂。米兰数十万市民唱着这首歌，加入了他的送葬行列。他们赞扬的是为意大利"鼓起金翅膀"的威尔弟——那个当年在"权威"的否定面前毅然"鼓起金翅膀"的威尔弟。

普利斯特利不认"亲生女"
——当氧气碰到鼻尖的时候

　　17 世纪下半叶，欧洲流行的"燃素说"认为，"火"是由无数小而活泼的微粒构成的物质实体，这种构成火的"元素"就是"燃素"；它充塞天地和在各处流动；物体在燃烧时会失去它，变成灰烬，灰烬得到它，又会复活为可燃物。

　　要推翻这一在 18 世纪上半叶占统治地位的错误学说，非常不容易。

　　在 1756 年，俄国科学家罗蒙诺索夫（1711—1765）就曾在密封玻璃器内煅烧金属，发现煅烧后金属的重量增加了。按燃素说，重量应减少。他指出，重量增加是由于金属煅烧时吸收了"空气"的结果。

　　法国人贝因（1725—1798）在 1774 年 4 月的《物理学报》中发表了一篇文章，讨论了氧化汞的性质：当煅烧汞的时候，不但不失去燃素，而且和空气化合而增加了重量。

　　他们的研究要么不全面，要么是不定量的，都没有认识到自己已经走到了发现氧气的边缘，所以无法对燃素说发出强有力的挑战。

　　1774 年 8 月 1 日，英国化学家普利斯特利（1733—1804）把氧化汞放在玻璃器皿中加热的时候，发现它很快就分解出气体来，但他以为放出的是空气。他研究这种气体时发现，"蜡烛在这种气体中燃烧，光焰非常之大"；他又发现老鼠在其中存活的时间，比在寻常空气中长了大约 4 倍；还发现自己呼吸这种气体时感到格外舒畅。

由此可见，普利斯特利实际上已经发现了氧气，并且可推翻燃素说。

普利斯特利

普利斯特利是一个顽固的燃素说信徒，认为上述实验产生的"空气"与寻常的空气之所以助燃力不同，其区别仅在于含燃素的多少不同：从氧化汞分解出来的是一点燃素都没有的"空气"，所以吸收燃素的能力就特别强，助燃力就格外大——他称为"脱燃素空气"；而寻常的空气，因动物呼吸、植物燃烧和腐烂，已吸收了不少燃素，所以助燃力较差；一旦空气被燃素饱和，那它就不再助燃而变成他所说的"燃素化空气"即今天所说的氮气了。

普利斯特利的观点，会遇到不可逾越的困难：在某些燃烧（如碳的燃烧）过程中，脱燃素空气完全耗尽，而燃素化空气却一点也没有产生。

这样，普利斯特利就如恩格斯指出的那样："从歪曲的、片面的和错误的前提出发，循着错误的、弯曲的和不可靠的途径前进，往往当真理碰到鼻尖上的时候还是没有得到真理。"结果，"这种本来可以推翻全部燃素说观点并使化学发生革命的元素，在他们手中没有能结出果实"。

舍勒

同样，真理碰到鼻尖还是没有得到真理的，还有瑞典化学家舍勒（1742—1786）——1773年，他也有类似普利斯特利的实验和结果。

重大的发现留给了智者。有趣的是，向这位智者提供"免费信息"的不是别人，而是普利斯特利。

1774年，法国化学家拉瓦锡（1743—1794）把精确称量的锡和铅分别放在两个曲颈瓶中密封加热，使锡和铅变为"煅灰"。结果发现加入的锡和铅的总重量没变，但锡和铅变为煅灰后重量都分别增加了。显然，这说明增加的重量绝非来自加热用的"火"或瓶外的其他物质，

而是来自瓶内的空气。他将瓶打开后发现，空气
进入后，瓶和煅灰的总重增加了，而增加的量恰
好和锡或铅变为煅灰后增加的量相等。这就更进
一步说明上述结论的正确性。在这样有力的事实
面前，拉瓦锡对燃素说产生了极大的怀疑：不是
燃素在转移，而是锡或铅与空气化合成煅灰。

拉瓦锡

为了证明这一点，拉瓦锡又把铅煅灰与焦炭
一起加热，发现有大量"固定空气"释放出来，而煅灰则还原为铅，
这显然就不是铅从焦炭中简单地吸取一点燃素的问题了，否则那么多
的固定空气从哪里来呢？联系到焦炭在空气中燃烧也生成固定空气的
事实，使他更加确信煅灰是金属与空气化合的产物，而煅灰在用焦炭
还原时放出的固定空气，则一定是从煅灰中释放出来的"空气"与焦
炭结合的结果。要确定这一理论，最有说服力的当然就是从煅灰中直
接分解出"空气"来，但是，他没有像普利斯特利分解氧化汞那样取
得成功。

不过，"机会"还是出现了。就在1774年8月1日普利斯特利分
解氧化汞成功两个月后的10月，普利斯特利去了巴黎。在一次宴会
上，他无意地将他成功分解氧化汞的实验，告诉了拉瓦锡——这就是
我们前面提到的"免费信息"。

拉瓦锡马上重复了这个实验，当
然也得到"上等纯空气"。1777年，
拉瓦锡把它命名为氧，意思是"成酸
的元素"，并在同年9月5日向巴黎
科学院提出《燃烧概论》的报告，以
燃烧的氧化说代替了燃素说。这样，

拉瓦锡在密闭容器中加热汞的装置

拉瓦锡就最终确认了氧的存在和推翻了燃素说。

恩格斯高度评价拉瓦锡说："在普利斯特利制出的氧中发现了幻想
的燃素的真实对立物，因而推翻了真实的燃素说。"他还指出，由于氧

化说的建立，使原来在燃素说形式上倒立着的全部化学正立过来了。对于错失发现氧和推翻燃素说良机的普利斯特利，法国著名生物学家居维叶（1769—1832）则讽刺他："是现代化学之父，但是他却不承认自己的亲生女儿。"

传统的燃素说观念长期根深蒂固，使对其顶礼膜拜的普利斯特利等人不敢越雷池一步而丢掉了"亲生女"。这里值得我们警醒的哲理是：只有"人"勇敢地走在传统"观念"的前面，新的学说才会破土而出。此时，印度诗圣泰戈尔（1861—1941）的精辟见解，就自然在我们的耳边回荡："世界上使社会变得伟大的人，正是那些有勇气在生活中尝试解决人生新问题的人！那些循规蹈矩的人不能使社会进步，仅能维持现状。"

无心插柳柳成荫
——擦地板擦出硝酸纤维

"苹果园里埋着黄金，你们去找吧。"

一个奄奄一息的老农夫有三个懒惰的儿子，他担心死后儿子们不愿去种地，就把他们叫到床前，留下了这样的遗言。

老农夫死后，三个儿子天天拿锄头到苹果园中挖黄金。结果，黄金没有挖到，但土地却被翻松了。苹果树因此长得十分茂盛，第二年苹果丰收了。

正是：有心挖金金不见，无心种果果挂枝。

这是一种类型的"无心插柳柳成荫"的故事。还有另一种类型的"无心插柳柳成荫"。

出生于德国、在世界上首先（1840 年）发现"大名鼎鼎"的"臭氧"（ozone）并为它命名的克里斯蒂安·弗里德里希·舍拜恩（1799—1868），是一位曾在德国和英国讲授化学的化学教授，1829 年应聘到瑞士北部的巴塞尔大学教书。

舍拜恩

1845 年的一天下午，舍拜恩趁妻子不在家，又走进厨房做实验。这里，既是教授夫人做饭烧菜的地方，也是舍拜恩经常做化学实验的地方——因为既有水又有操作台。对他的"侵权行为"，他的妻子一直很不满，曾经大发雷霆，所以他有时只能"悄悄"干。

实验刚开始不久，舍拜恩一不小心，就把装着浓硝酸和浓硫酸混合液的烧杯打翻在干净的地板上。他当然很清楚，腐蚀性强的混合液接着就会"为非作歹"。他立刻想到，应该尽快地擦去地板上的混合液。

可是，教授平时很少做家务劳动，在慌乱中找不到合适的抹布。这时，他忽然看见了妻子做饭时用的棉布围裙，只好"情急生智"——用它擦去混合液。擦完以后，他赶紧把围裙洗干净，并放在炉子边烤干——避免妻子回来以后发现他"再次作案"。

烤了不久，出乎舍拜恩意料的事情发生了——围裙在烤干以后，突然着起火来，而且没有冒烟，最后在火炉边消失得无影无踪。

舍拜恩毕竟是一位科学上的有心人，他当然不会放过这个偶然的发现，认为在这个现象的背后，一定存在着一种必然规律。于是，他设计了一个实验，模拟"围裙着火"——把棉花和浓硫酸、浓硝酸放在一起，让它们发生化学反应。结果，生成了一种浅黄色的、外观与棉花纤维很相似的物质——舍拜恩把它叫作"火药棉"或"火棉"。

舍拜恩认为，把火棉干燥以后，在高温下就能烧得一干二净。实验的结果，果真如此。他还发现，这种物质受到剧烈冲击的时候，会发生爆炸。

到此为止，"围裙着火之谜"终于解开了。原来，棉布围裙中的纤维素与浓硫酸条件下的浓硝酸发生了化学反应，产生了新的物质——"硝酸纤维"即"硝酸棉"。

正是：有心实验闯下小灾祸，无心反应得到硝酸棉。

舍拜恩是我们不太熟悉的化学家，他的国籍有德国和瑞士两种说

形形色色的化学纤维成品或半成品

法。他曾在1838年提出建立"地球化学"这一新学科的意见，臭氧也

是他在 1861 年发现的，他还对"色层分析"技术做过先驱性的研究。

在舍拜恩之前的 1832 年，一位叫亨利·勃莱孔诺（1780—1855）的法国药剂师、化学家与自然科学史家，曾用浓硝酸处理过纤维，但没有结果。

这里，有一个误解需要澄清——许多文献常把硝酸纤维误称为硝化纤维，所以大家就这样混用了。

其实，硝酸纤维是一种纤维素的硝酸酯，是二硝酸纤维（氮的质量分数为 10.5% ~11.5%）和三硝酸纤维（氮的质量分数为 12.0% ~13.5%）等的总称。它们的通式是 $C_6H_7O_2(ONO_2)_{3n}$。

用含氮量较低的硝酸纤维——如二硝酸纤维，可以生产"硝酸纤维丝"。英国发明家斯旺（1828 –1914）在研究用什么做白炽电灯灯丝的时候，就

赛璐珞制成的乒乓球和眼镜架

用溶于醋酸的硝酸纤维通过许多小孔的方法，生产出人类最早的化学纤维，并在 1883 年获得专利。斯旺是白炽电灯的独立发明者之一——问世时间是 1881 年。当然，用硝酸纤维生产的硝酸纤维丝很容易燃烧，不安全，早已不再生产。当年，二硝酸纤维还被用来生产赛璐珞——曾是电影胶卷和照相胶卷及底片、乒乓球、眼镜架等的主要材料。硝酸纤维的另一用途，是制作"硝基漆"即"硝酸纤维（素）漆"——在 1920—1923 年间，曾被大量用于汽车车身的喷漆中。

维勒"求爱"缺乏勇气
——"仙女"面前错失"金玉良缘"

"在很久很久以前，遥远的北方有一位美丽的仙女，名叫凡娜迪丝。她不但漂亮，而且神通广大。这位女神从来不单独露面，所以谁也没有见过她的尊容玉貌。

"忽然有一天，这位好静的女神听见一阵陌生的敲门声，觉得很奇怪，就没有理睬，依然坐在她舒适的安乐椅上，静待再一次的敲门声。

"可是，等了很久，她再也没有听到敲门声。

"女神更觉得奇怪：怎么门没敲开，人就走了呢？这个人怎么这样彬彬有礼，但又迟疑不决呢？这位客人是谁呢？于是她走到窗前，向街上看去：'咦，这不就是那位勇敢地敲开尿素大姐大门的了不起的青年化学家维吗！'"

以上是德国化学家维勒（1800—1882）收到的一封信，是他的老师、瑞典化学家贝采利乌斯（1779—1848）写来的。维勒在1823年从德国马尔堡大学毕业以后，放弃了原来所学的医学，去斯德哥尔摩大学做

贝采利乌斯

维勒

了贝采利乌斯一年的实验助手。师生俩感情深厚，保持着通信联系。

斯德哥尔摩大学教授贝采利乌斯，是19世纪上半叶最伟大的化学

家，除了从事研究和撰写学术论著，还讲化学课。1813 年，他首先发明用拉丁字母表示元素符号的方法，1814 年发表了列有 41 种元素的第一个原子量表，先后发现了硅、铈、硒和钍等元素……

"老师一向治学严谨、不苟言笑，今天怎么在信中和我开起玩笑来，而且还提到仙女和我的名字……"维勒纳闷了。

正在维勒如"丈二和尚"摸不着头脑的时候，接下来信中的这段话让他如梦初醒：

"女神想叫他回来，但又怕失去自己的尊严。'就让他去吧，'女神想，'不是反复而坚决敲响我的大门的人，我是不会随便开门理睬他的。'"

"明白了！"维勒猛地拍了一下桌子，站了起来，"老师在信中说的'不是反复而坚决敲响我的大门的人'其实就是在挖苦和嘲笑我，这是在为我们师生俩错过了发现新元素的机会，感到无比惋惜和因缺少推敲感到遗憾，所以才编造出这个美丽而又幽默的神话故事来。"

维勒读完信之后，感慨万端——如烟似云的往事像流水一样在他脑海里流淌。原来，他忘不了与老师在斯德哥尔摩大学实验室共同研究的日子，他们实际上已经见到了美丽的仙女——钒（V)！可是，却认不出她的尊容美貌。

维勒"敲门"之后，女神凡娜迪丝又听到敲门声，同样没有马上去开门；但敲门的人全力以赴，又敲又推，连敲带推，反复敲反复推，用力敲用力推，誓有不开门绝不罢休的勇气。这下，女神沉不住气了，终于打开了大门。来者不是别人，正是贝采利乌斯的另一位

肖夫斯特瑞姆

学生——瑞典美男子化学家尼尔斯·加布里埃尔·肖夫斯特瑞姆（1787—1845）。肖夫斯特瑞姆把女神仔细打量了一番，心中又推敲了一阵之后，果断地说："您就是凡娜迪丝。我的'心上人'——金属钒！"

原来，肖夫斯特瑞姆于 1830 年在研究斯马兰矿区的一种铁矿（一说泰贝格矿区的铁矿）的铁渣时，得到了二氧化钒，从而发现了新元素——钒（Vanadium），这是为了纪念神话中的北欧斯堪的纳维亚女神"凡娜迪丝"（Vanadis）而命名的。

得知肖夫斯特瑞姆在世界上首先发现钒元素的消息以后，维勒懊悔不已，他在写给另一位化学家的信中说："我真糊涂透顶，眼睁睁看着褐色铅矿里的新元素，却让她跑掉了。贝采利乌斯老师说得好，他看我那样懦弱，不敢向仙女'求爱'，没有坚决敲开她的大门，他哪能不嘲笑和挖苦我两句呢！"

维勒也是一位著名化学家，他在 1828 年首先用无机物合成了一种有机物——尿素，"把无机界和有机界之间的永远不可逾越的鸿沟大部分填了起来"，给"生命力说"有力的一击。此时，他年仅 28 岁。

就是这样一位年轻有为的化学家，在"仙女"面前，却没有"求爱"的勇气！

原来，他也在 1830 年分析墨西哥出产的一种铅矿的时候，断定铅矿中有一种没有人发现的新元素。遗憾的是，他没有继续研究下去，从而错失和"仙女"的"金玉良缘"。接着就传来肖夫斯特瑞姆发现钒的消息。

维勒懊悔地把事情的经过告诉了老师贝采利乌斯，于是有了前面那封信。

维勒痛失发现钒的良机表明了一个浅显而深刻的哲理：在有"新情况"出现的时候，只有寻根刨底和穷追不舍的"求爱者"，才能得到美满的"爱情"。这应了美国作家马克·吐温（1835—1910）的话："每个人的一生中，幸运女神都来敲过门，可是许多人都没有听到她的敲门声。"

里奥

不过，维勒也不必过于懊悔，因为还有一位早于他的"同病相怜"

者——出生在西班牙的墨西哥矿物学家安德烈斯·曼努埃尔·德尔·里奥（1764—1849）。

早在 1801 年，里奥就在钒铅矿中发现了一种他命名为 erythronium 的新元素，但他没法区分钒和铬，经过 4 年研究之后，就只好说他研究的矿石只是碱式铬酸铅，从而放弃了继续探究。在肖夫斯特瑞姆发现钒的当年，维勒重新研究了里奥所用的钒铅矿，结果发现 erythronium 就是钒。

罗斯科

不管是肖夫斯特瑞姆，还是维勒，都没有提炼出单质的金属钒。提炼出金属钒的任务，在 1830 年之后 39 年的 1869 年才完成。这一年，英国化学家亨利·恩菲尔德·罗斯科（1833—1915）爵士，用氢气还原二氧化钒，第一次制得了纯净的金属钒。

好在维勒并没有因为这次错失"金玉良缘"而灰心丧气，他不但编写了例如《无机化学平面图》（1831）和《有机化学平面图》（1840）等化学著作，而且还培养了一大批化学家。1852 年，他被选为英国皇家学会外籍会员，1872 年还获得该学会的最高奖——科普利奖。他发表了化学论文 270 多篇，成为世界许多学术团体的会员，获得过世界各国授予的奖励荣誉 317 种。

钒是一种硬度（摩氏硬度 6.7）大于铁（摩氏硬度 5），（15 ℃时）密度（6.11 克/厘米^3）比铁（7.9 克/厘米^3）小，熔点（1 917 ℃）比铁（1 535 ℃）高，有延展性的浅灰色金属。20 世纪初发现在钢中加少量的钒会让钢的强度大增之后，得到越来越广泛的应用。例如，常以合金形态用于工具钢（一种钒钢），还可用于制造超导材料与纳米材料。

用钒合金制造的工具

晚期肺病是这样好的
——门捷列夫治病有"秘方"

门捷列夫（1834—1907），一个我们耳熟能详的名字——他是俄国化学家，以首先发现元素周期律和制定元素周期表闻名于世。

可是，有多少人知道，门捷列夫曾是一个被"判了死刑"的病人。

13 岁的门捷列夫在中学毕业后，虽然他的学习成绩很好；但因为他不是出身于豪门贵族，又是来自边远的西伯利亚，所以莫斯科和彼得堡的一些名牌大学，都对他"开红灯"。在这种情况下，他没有灰心，坚持求学，费了很大的力气，才在1850 年16 岁时进入了彼得堡师范学院自然科学教育系学习化学。

在大学学习的有一段时间，门捷列夫的喉咙里不断地出血。医生诊断，他得的是晚期肺病，并断言他不久就要和死神握手。

不但如此，学校还把门捷列夫和同学们隔离开，命令他躺在学校的病室里，不许起床，不许翻身。

医生的"死刑判决"和学校的"隔离关闭"，对门捷列夫的双重沉重打击是可想而知的。如果是一般庸人，就会悲观丧气，默默等待"宇宙末日"的来临；可是，门捷列夫却表现出了坚韧和忘我的

1879 年的门捷列夫

超人精神。他尽量避开看护人员的监视，每天继续顽强地看书和写作。有时一听到门外有脚步声，就马上从桌边跳到床上，假装睡觉。他的

这种学习精神，使医护人员难以理解，惊诧不已。

疾病折磨着门捷列夫，由于丧失了无数血液，他的身体一天一天消瘦，脸色也更加苍白了；可是，在他贫血无力的手里，却总是握着一本化学教科书。那里面当时有很多没有弄明白的问题，缠绕着他的头脑，似乎在招唤他快去探索。他用生命的代价，在科学的道路上攀登着。

是什么力量使门捷列夫忘却了自我呢？他说，"我这样做不是为了自己的光荣，而是为了俄国名字的光荣。"

过了一段时间，奇迹发生了——门捷列夫并没有死去，反而一天天好起来了。

门捷列夫用了什么医学"秘方"呢？并没有什么医学"秘方"——最后，才知道是医生诊断的错误，而他得的不过是气管出血症罢了。

门捷列夫也不是完全没有"秘方"——对待疾病的平和心态和坚强的意志，就是他的两大"秘方"。

"心理免疫学"，是近年新兴的学科。心理免疫学的研究表明，人类的免疫系统能够识别并抵御细菌和病毒等侵入人体的"异物"，所以人对各种疾病的感受，在很大程度上取决于免疫系统的功能是否健全。人脑则能够调节免疫系统的功能。这就是说，人对各种疾病的抵抗力，将会受到心理情绪因素的影响。

那么，上述观点有没有实验依据呢？有的。

前些年，美国俄亥俄州立大学的格拉泽等人，曾对参加一次重要考试的 75 个医科学生进行了研究。结果发现，在考试的当天，学生体内"天然杀伤细胞"的活力，比一个月以前大大降低。他们还发现，在学习紧张阶段，这些学生唾液中的抗体也减少了。这些现象表明，学生的免疫系统的确受到了不良影响。

于是，我们就不难理解门捷列夫的两大"秘方"了。

"天才少年"门捷列夫出生在西伯利亚的托博尔斯克市。他的父亲是个中学教员，因患重病，很早就去世了。艰难的生活锤炼了他坚强的意志，而对化学的爱好使他在学校的"疾病监狱"之中也奋斗不已。这样，他成为大科学家就不足为奇了。

这个故事给我们的哲理是，在面对疾病，或者身处逆境的时候，必须要有"这仅仅是人生中一次正常经历"的平和心态，用乐观的态度去干"自己想做的事"。这样，才会"起死回生"而"柳暗花明"，否则就可能"沉疴不起"而"一命呜呼"。

可不是吗？我们经常听到这样的故事：医生把甲的癌症病历误放在乙的医疗档案中，结果本来没有患癌症的乙背上了思想包袱，患癌症抑郁而死；而本来患有癌症的甲，则因"思想被解放"后心情愉快而健康地活着。

健康心理让疾病，有时甚至是"绝症"远去，换来"康体"的例子更是不胜枚举。

英国女诗人伊丽莎白·巴莱特（1806—1861）15岁时骑马坠地，受伤瘫痪，但她仍卧床创作，并在1838年以爱情诗集《天使及其他诗歌》闻名于世。当另一位英国诗人罗伯特·布朗宁

罗伯特·布朗宁　　　伊丽莎白·巴莱特

（1812—1889）读到这本诗集，并在1845年1月10日给她寄去了一封热情的求爱信后，两人就发生了炽烈的爱情。于是卧床不起达24年之久的巴莱特在次年正月的一天奇迹般地"用她的脚步走下楼梯、走进会客室"。1846年，巴莱特成为布朗宁夫人（大家更熟悉的名字）以后，不顾父亲的反对，移居意大利佛罗伦萨，度过了15年幸福的时光。

格氏斑马为何濒危
——从杜瓦遗憾到巴丁"梅开二度"

"……天鹅直冲云霄，龙虾在往后退，而梭鱼在往水里拉……"

天鹅、龙虾、梭鱼拉车

有一篇寓言，名叫《天鹅、龙虾、梭鱼和一车货物》，它的作者是俄国著名寓言作家克雷洛夫（1768—1844）。这段话，是这篇寓言中这三种动物"齐心合力"拉一车"很轻的"货物情景的缩略概括。

那么，结果怎样呢？"货车一点也没动，"克雷洛夫写道，"货车现在还在原处"。

克雷洛夫这个寓言的思想是"各行其是难成事，团结才有力量"，而这也是我们这个故事的主题。

在非洲，生活着一种野生马中体型最大（躯干可长达3米，质量可达450千克）的格利威斑马——格氏斑马。遗憾的是，它却濒临灭绝，而体格比它小的草原斑马，却越来越兴旺发达。

为什么会出现这种现象呢？

生物学家经过研究发现，"孤独首领"雄格利威斑马独守自己的领地，至少有两个劣势

克雷洛夫

——不易寻找雌斑马交配来繁衍后代，心情"郁郁寡欢"；只有一双眼睛眺望周围，难以尽早发现远方狮子即将到来的威胁，最终"孤军奋战"，难逃厄运。雌斑马和它的孩子们的处境很相似……

显而易见，格利威斑马的"日薄西山"，是因为"分裂没有出路"。

草原斑马则是雌雄群居。在这"一夫多妻"的大家庭里，一个雄斑马通常有 6 个左右的"妻妾"，不愁没有雌斑马交配而"断子绝孙"。

"个人"孤单无助

"全家老少"在一起，"比什么都快乐"

平时，心情舒畅的雄斑马主要负责眺望远方，以随时发现狮子等不速之客，加上许多双眼睛多角度地审视，它们往往能在危险到来之前完成"胜利大逃亡"。雌斑马则安心吃草，以强壮的身体"生儿育女"。小斑马就悠然自得地环绕在它们身边吃草和嬉戏，以尽快"长大成人"……

无须赘言，草原斑马的兴旺发达，来自于"团结就是力量"。

我们还是从动物回到人类。

1893 年 1 月 20 日，苏格兰物理学家、化学家詹姆斯·杜瓦（1842—1923）宣布，他发明了一种后来称为杜瓦瓶的低恒温装置。他还在向极低温 0 K 进军的过程中，于 1898 年已经通过液化氢达到 20.4 K，并测量了氢的沸点。次年又推进到 12 K，后来又达到 5 K。这些成就，领先了荷兰物理学家昂纳斯（1853—1926）好几年，但是，杜瓦很快就遇到了不可逾越的障碍！

杜瓦在实验室工作

原来，要进一步接近 0 K，就必须液化氦气，而当时唯一拥有大量氢气的是他的同胞、惰性气体发现者之一的拉姆齐（1852—1916）。但他此前却和拉姆齐闹翻了脸！

这样，杜瓦不得不用温泉小气泡中不纯的氢气进行实验，结果屡屡失败，并最终被昂纳斯抢得先机。十年后，杜瓦在 1908 年的论文《最低温及有关问题》的附注中，懊丧地写道："1908年 7 月 9 日，荷兰莱顿大学的昂纳斯教授已经液化了氢气……"1913 年诺贝尔物理学奖也眼睁睁被昂纳斯独自"抢"去。

拉姆齐

杜瓦是我们不太熟悉的、以低温研究闻名的科学家。他曾在剑桥大学和伦敦皇家学院执教，在低温和其他方面都有重要科研成果。他发现低温下的木炭，有很强的吸附气体的功能。他还发现在很低的温度下，细菌还能存活。发磷光的有机体在液化空气中会停止发光，但当它们变暖的时候，又能发光，这也是他的发现。现在保温瓶内用来增强保温性能的反射层，也是他在 1892 年（1893 年 1 月 20 日宣布）发明的。

杜瓦发明的保温瓶

不能与拉姆齐合作，连这么出色的杜瓦也留下了遗憾。他的教训使人警醒。

现代科学发展的特点之一，是学科之间相互渗透，使科研成为一种更为复杂的活动。它需要科学家具备各种各样的素质。每个人的知识、智力、精力和实践范围等都很有限，一个人不可能样样懂、门门通和事事干。这样，"单兵作战"就难以"克敌制胜"。为了弥补个人的不足，科学家往往"联合作战"——多人一道去完成某个科研项目。

不同辈分的科学家相互合作，更能显现合作方法的优越性。老年科学家经验丰富，处事谨慎；中年科学家年富力强，知识面广；青年科学家精力旺盛，思维敏捷，创造力强。老中青三代结合，就能既富有创造精神，又不鲁莽；既考虑周密，又不畏首畏尾。美国物理学家巴丁（1908—1991）、库珀（1930— ）和施里弗（1931—2019）两代人结合，发现了超导的"BCS 理论"，并共享 1972 年诺贝尔物理学奖（其中巴丁是"梅开二度"），是一个典型实例。

理论工作者和实验工作者合作也是一种形式。1965 年，善于实验的美国有机化学家伍德沃德（1917—1979）和擅长理论的出生在波兰（出生地今属乌克兰）的美国量子化学家霍夫曼（1937— ）共同合作，在 1965 年发表分子轨道对称守恒原理，就是成功的一例。

不同特长的学者合作也是一种好形式。杨振宁、李政道和吴健雄得到弱相互作用中宇称不守恒的规律，就是合作的范例。杨振宁和李政道擅长于数学计算与分析，吴健雄则善于实验。三人可谓珠联璧合。

不同学科的学者合作也会相得益彰。在这本书中我们已经看到，光谱分析法就是德国物理学家基尔霍夫（1824—1887）和他的同胞、化学家本生（1811—1899）合作的结晶。

还有另外一种非常值得关注的合作——和"敌人"合作。在 20 世纪 90 年代的海湾战争结束以后，"艾布拉姆"式的 M1A2 型坦克开始装备美军。那么，这种有坚固防护甲的坦克是怎样研制成功的呢？乔治·巴顿中校是美国陆军最优秀的坦克防护专家之一，他接手 M1A2 的研究后，找来的是"冤家"搭档——毕业于麻省理工学院的著名破坏专家迈克·马茨。他们分别负责研制防护甲和摧毁防护甲的两个小组。就在这摧毁和防护的一次又一次的试验中，原来的坦克终于"升级换代"——M1A2"破土而出"。他们两人也因此同获美国国家紫心勋章。

中国文化遗产标志太阳神鸟（四鸟绕日）：在成都金沙遗址出土的 3000 年前的黄金装饰品，它寓意追求光明、团结奋进、包容海纳

与一些人认为科学家，尤其是较好的科学家都是"单干户"和认

为重大的科学贡献全部归功于个体思维的产物这两种陈腐观点相反，荣获诺贝尔奖的研究成果大都是通过合作获得的。1901—1972 年间的 286 位诺贝尔奖得主中，共有 185 人，是合作出成果的。

从杜瓦的遗憾到格利威斑马的减少，对比巴丁等众多合作者的成功，我们再次感受到团结就是力量这个哲理——其实，它既是一种力量，也是一种方法、一种精神、一种美德、一种修养和一种乐趣，更是健康心理的一种表现。

"短"未必短
——瓦拉赫、普瑞格和康福斯的"拐弯"

"该生用功，但是做事过分拘泥和死板。这样的人即使有着完善的品德，也绝不可能在文学上有所成就。"老师提笔写了这样的评语——他认为这评价恰如其分。

这看似不经意的、"实事求是"的评价，对一个选择了文学道路、初涉世事的中学生的判定，无疑宣判了他成长的"死刑"——"临刑"前还把他关闭在精神的黑暗囚笼之中。

后来，他的一位化学老师间接知道了这件事，但是化学老师却不去执行"死刑"，而是鼓励他利用长处逃出"牢笼"——做事过分拘泥和死板，正好适合做化学实验！

于是，这位学生就在化学老师的建议下，改学化学。

瓦拉赫

文学之路黑暗不通，但化学道路却是光明坦途。从此，这个中学生找到了人生的新支点——化学成绩总是在同学中遥遥领先。

后来，他——德国化学家瓦拉赫（1847—1931）以"脂环族化合物方面的首创性研究"，在1910年独享诺贝尔化学奖。

瓦拉赫是幸运的！如果他被"死刑判决"击倒，被"牢笼囚禁"销蚀了自信，认为自己一无是处，从此一蹶不振，那就没有化学上的

"无限风光在险峰"了。

瓦拉赫是幸运的！如果他没有碰上这位"可以把地狱变成天堂"的化学老师，从他与生俱来的"缺点"里发现了蕴含的宝贵潜力，那么，瓦拉赫的心灵也不会从"地狱变成天堂"。

道理其实并不复杂，这就是有名的"冰淇淋原理"。有人做过实验，有两杯冰淇淋，一杯有 7 盎司（1 盎司约合 28.35 克），装在 5 盎司的杯子里面——看上去快要溢出来；另一杯 8 盎司，但是装在了 10 盎司的杯子里——看上去还没有满。你愿意为哪一份冰淇淋付出更多的钱呢？

卡尼曼

"事实上，多数人愿意为分量少的那杯花更多的钱"。2002 年诺贝尔经济学奖的两位得主之一——出生在以色列的美国普林斯顿大学心理学和公共关系学教授丹尼尔·卡尼曼（1934—　），用这个例子证明了人的理性贫乏有限，感情丰富无限。当孩子们感到感情被尊重的时候，会被激发出更多的潜能，甚至会产生奇迹。

普瑞格

和瓦拉赫一样没被"死刑判决"击倒，并且经过"自救"成功转行登上诺贝尔领奖台的，还有一位——卢布尔雅那出生（卢布尔雅那是今斯洛文尼亚的首都）的奥地利化学家、生理学家弗里茨·普瑞格（1869—1930）。

1884 年，从小不爱数理化而是迷恋体育的普瑞格，如愿进了体育大学，专攻体育，并且顺利地在 3 年后毕业了。

一心想创体育新纪录、当体育明星的普瑞格，却两次在奥地利的全国运动会上失利，一时苦闷惆怅极了。

不过，在冷静分析了自己的长短处之后，普瑞格决定改行——经过一年苦读之后，他考进了奥地利的格拉茨大学医学院。

1893 年普瑞格医学院毕业以后，于 1899 年当了这个医学院的化学助教，1910 年和 1913 年先后当了因斯布鲁克大学和格拉茨大学的化学教授。他领导的实验室成了世界闻名的有机化学微量分析中心。他也因为对有机物微量分析方面的重大贡献，独享 1923 年诺贝尔化学奖。

以上两人是"专业转行"而走向成功的科学家。下面还有"生理转行"而走向成功的一位科学家。

常言道："聋子眼明，瞎子耳灵。"这不是臆测，而是大量的事实。原因很简单，他们知道了自己的短处，就拼命使长处更"长"，来弥补短处。有一位孩子就是这样。

1975 年，两位化学家登上了诺贝尔化学奖的领奖台。其中之一，就是我们要说的"这一位孩子"——出生在澳大利亚的英国化学家约翰·康福斯（1917—2013）。

康福斯 10 岁就耳聋。老师贝萨根据他耳聋能静下来的特点，鼓励他学化学。最终，康福斯因"研究有机分子和酶催化反应的立体化学方面的成就"，荣登科学的最高奖台。

"失之东隅，收之桑榆。"失去的东西不一定都是损失。许多事实表明，因祸可以得福，只是看你能不能承载一时的痛苦。

康福斯

同样，得到的东西不一定都是收获，只是看你能不能在鲜花面前保持清醒。

人生，必须有梦；当一个梦被现实破灭之后，必须开始另一个梦——也许，它就是你"快乐出发"的起点……

"幸运的失恋"
——"拒绝"成就了"居里夫人"

"呜——呜——"

火车的汽笛长鸣，淹没了送人与被送人的临别嘱咐。

"记住！别忘了写信！"玛丽终于听见了爸爸说的这句话。她松开爸爸的手，勉强地露出笑容，把已经说过的她未来的地址又说了一遍："普沙兹尼士附近斯茨初基村 Z 先生和夫人的住宅"。她的身子一直趴在火车窗口，看着爸爸那矮胖的身影渐渐远去……

火车前进在单调的"轰隆"声中，车窗外闪过华沙城熟悉的建筑物和教堂的尖尖塔顶，到处都铺着厚厚的白雪，泛着冷冷的白中带蓝的光。这就是故乡——华沙。

这一天，是 1886 年元旦。

再见了！华沙！再见了亲人们！玛丽觉得自己的心情也像这冰天雪地一样的凄冷和沉重。

玛丽是谁，她为什么要这样凄凉地离开亲人，又要到哪里去，去干什么？

玛丽就是后来的居里夫人——我们耳熟能详的名字。她出生在波兰的一个教师家庭里，原名玛丽·斯克沃多夫斯卡。1883 年 6 月 12日，15 岁半的玛丽中学毕业，成绩优异，荣获金质奖章。由于 11 岁时的 1878 年 5 月 9 日，她就失去了慈爱的母亲，父亲也因年迈而退休，家境十分贫寒，因此玛丽痛苦地失学了。

　　玛丽生活的年代，正值波兰沦于俄国之手的乱世之年，女性是不准上大学的。为了二姐布朗尼亚能留学——实现去巴黎上大学的美好愿望，年轻的玛丽只好"自愿"去当家庭教师，把挣得的钱寄给二姐求学。她也盼望着二姐大学毕业有了工作，就可以帮助自己也去巴黎上大学。

　　从1883年起，玛丽先后担任了3个家庭的家庭教师，过着她所说的"囚犯般的生活"。

　　这一次，是有人介绍她在华沙以北100多千米的乡下，为一个公爵的土地管理人——地主Z先生当家庭教师，年薪500卢布。为了得到这笔可观的收入让二姐留学，她只好离开亲人，远走他乡，去过寂寞孤独的日子……

　　火车行驶了3小时之后，才把玛丽扔在一个偏僻的乡村小站上。她坐上一辆雪橇，在雪地里颠簸了许久，终于到了目的地——斯茨初基村。

　　好在主人家还算热情，用亲切和善的言语和热茶，接待这个年轻的女老师。

　　白天，玛丽教Z先生的两个儿子功课。夜晚，她静心地读着借来的社会学、物理学、数学和解剖学等书籍。

　　就是在这里，玛丽有了"初恋"。

　　这一年，玛丽将近19岁。这位青春少女，皮肤白嫩，头发美丽。她的嘴唇有一种自然的曲线美，灰色的大眼睛深陷在眉毛底下，眼神有着惊人的魅力。

　　Z先生的另一个儿子卡西密尔，在华沙读书回来度假的时候，发现了这位气质不凡的女教师。她那优美的舞姿，动人的神态，使他入了迷。天真的玛丽，在屡次交谈中，被卡西密尔的真诚求爱所感动，对这位又漂亮又聪明的男学生也产生了感情。被丘比特神箭射中的他俩年龄也相仿，于是恩恩爱爱，海誓山盟……

　　他们的感情受到卡西密尔父母的坚决反对，只有以分手结束。

失学的焦急，生活的艰难，爱情的不幸，使玛丽经受着一次又一次严峻的考验。她也曾经绝望地想"向尘世告别了"！在写给表姐的信中，她一度这么说。

玛丽就是玛丽——倔强的玛丽。她很快调整了自己的心态，面对现实，放眼未来，打定了自己的主意。为了使父亲不为这件事伤心，为了每月能给二姐寄去 20 卢布，为了日后奔赴巴黎，她决定忍受这次莫大的屈辱，暂不离开 Z 先生家。

直到 1891 年秋，离开 Z 先生家的玛丽，依依不舍地告别了爸爸，去法国留学了。

在巴黎留学期间，玛丽认识了法国科学家皮埃尔·居里（1859—1906）。1895 年，玛丽和皮埃尔·居里结了婚，成了居里夫人——我们更熟悉的名字。

因为对放射性现象的研究，居里夫妇在 1903 年荣获诺贝尔物理学奖金的一半，另一半则由发现天然放射性现象的法国物理学家贝克勒尔（1852—1908）获得。1911 年，居里夫人又独享诺贝尔化学奖。

实验室里的居里夫妇

…………

对此，科学史家评论说，是"幸运的失恋"——Z 先生家的"拒绝"，成就了"居里夫人"，而没有当鲜为人知的"卡西密尔夫人"。这是"玛丽失'Z'，焉知非福"的哲理。

在我们看来，认识了多元化的生活道路，能海纳各种人生的价值选择，就会少许多困惑。

不过，我们还得把自身的选择与人民的利益、历史的担当有机地结合在一起。这正如中国舞蹈家陈爱莲（1939—2020）所说："没有那么多人能幸运地爱一行，干一行；而是要干一行，爱一行。"

索尔·贝娄

　　"人生的价值在于一个人的尊严，而不是生活中的胜利。"——活了90岁的美国作家、独享1976年诺贝尔文学奖的索尔·贝娄（1915—2005）这么认为。

　　是的，金钱、名利、生命、爱情和自由，都比不上尊严——没有尊严，人生的一切都将黯然失色！

有时结局胜过初衷
——蜜蜂、周期表和原子模型

　　"蜜蜂有发音器官！蜜蜂有发音器官！"聂利有"新发现"的消息不胫而走。

　　聂利是何许人，为什么会有这"新发现"？

　　2001 年，聂利是湖北省监利县黄歇口镇中心小学六年级的女生。2003 年 8 月，在兰州市举行的第 18 届全国青少年科技创新大赛上，她撰写的论文《蜜蜂并不是靠翅膀振动发声》，荣获优秀科技项目银奖和高士其科普专项奖。这里提到的高士其（1905—1988），是中国著名的科普作家。

　　"蜜蜂靠翅膀振动发声"，这已经成为权威的"定论"。为了证实这个"定论"，聂利在 2001 年秋，就进行了探究。她把蜜蜂粘在木板上，用放大镜仔细查找，观察了一个多月，终于发现在蜜蜂的双翅根部，有两粒比油菜籽还小的黑点。蜜蜂"叫"的时候，黑点上下鼓动。

　　那么，蜜蜂的声音是不是从这里发出来的呢？聂利用大头针捅破小黑点，虽然蜜蜂可以照样飞来飞去，却再也没有发出"嗡嗡"声。

　　聂利把这一发现写成上述论文，认为蜜蜂的发音器官就是这两个小黑点。

　　2003 年 11 月 10 日，多位从事昆虫研究的专家在接受记者采访的时候，都说蜜蜂是靠翅膀振动发声的。专家们表示，由于他们没有见证聂利的试验，也从来没有做过这样的试验，所以还不敢对她的发现下结论。如果聂利的发现是真实的话，肯定是个了不起的发现。

如果蜜蜂的确是靠双翅根部的小黑点发声，那么，聂利就从一个"肯定"开始，得到一个"否定"的结果。

这个故事说明，初衷是我们做事的目标，结局是我们完成事件后达到的结果，两者之间有时是有区别的。"如果一个人以肯定开始，必以疑问告终。如果他从疑问着手，则会以肯定结果。"英国哲学家弗朗西斯·培根（1561—1626）说出了这个哲理。这个哲理给我们的启示是，科学的学习和研究中，一定要有钻进去的精神，切忌浅尝辄止。

在科学研究中，说明这个哲理和启示的事例多如牛毛。

X光在1895年11月8日被德国物理学家伦琴（1845—1923）发现以后，人们就从两个方面研究它。一方面是X光波谱学，另一方面是X光晶体学——起点是德国物理学家冯·劳厄（1879—1960）和布拉格父子，在1912年开创的X光衍射法。

1912年，冯·劳厄发现了X光对晶体的衍射现象，并用它来研究各种元素的X光谱。他也因此独享1914年的诺贝尔物理学奖。

1913年，布拉格父子成功研制了X光衍射仪，并用它最早测定了氯化钠和氯化钾的晶体结构。这不但纠正了以往认为有单个氯化钠或氯化钾分子的错误看法，而且创立了X光

莫斯莱

衍射法——知道了晶体的结构，就可以知道它的X光衍射波长；知道晶体的X光衍射波长，就可以知道它的结构。父子俩也因此荣获1915年的诺贝尔物理学奖。

1913年，英国物理学家莫斯莱（1887—1915）也开始用X光衍射法，来比较一些元素的特征。他在确定和比较各种元素的X光辐射的特征波长之后，在1914年发现了一个规律：这些波长随元素原子量的增大而"均匀"减小，即元素按其X光特征波长（λ）从大到小排列和元素在周期表中的次序一致。他把这个次序叫作"（元素的）原子序

数（Z）"——原子序数这一概念，是荷兰物理学家布洛尼克（1870—1926）早于莫斯莱引入的。莫斯莱还发现了 Z 和 λ 之间的简单数学关系（定律）：

$$\sqrt{\frac{1}{\lambda}} = a\ (Z-b),$$

其中 a、b 都是常量。当然，后来的量子力学表明，这是一个近似定律。

显然，莫斯莱要比较元素的 X 光辐射特征波长的初衷，现在已经如愿以偿了。按照"常理"，这个战役到此就应该"马放南山"了，然后发表一篇论文宣告大功告成，再去考虑"南征北战"。

莫斯莱却没有满足于登上的这个山峰，而是继续向上攀登，因为他敏锐地意识到，有一个更高的山峰在前面等着他——这是一种比初衷的意义更为深刻的结局。于是，他又开始了超越初衷的研究，向另一种结局奋勇挺进……

年仅 27 岁的莫斯莱思索的是，是什么原因使元素的 λ 随 Z 的增大而减少呢？是原子量这一表面因素吗？

莫斯莱机敏地发现，λ 与元素的原子量的相关图中，有几处不太明显的偏离。经过进一步的研究表明，λ 的改变与原子中的核电荷数——它等于质子数——或 Z 有关。

这样，一个能更准确地体现元素周期律本质的元素周期表出现了：元素性质的周期性变化的根本原因，是核电荷数；元素周期表应该按元素的核电荷数而不是原子量来排列。这不但解决了门捷列夫按原子量递增顺序排列的元素周期表中三处位置颠倒的问题——即解释了前面所说的"几处不太明显的偏离"，也证实了丹麦物理学家玻尔（1885—1962）先前创立的原子模型。这三处位置颠倒是：钴（Co）和镍（Ni）、氩（Ar）和钾（K）、碲（Te）和碘（I）。

显然，这种结局在科学史上的意义，远远超过了莫斯莱研究的初衷。

遗憾的是，对元素周期表进行革命性改变的莫斯莱，仅仅活了27岁多就英年早逝了。早逝的原因是，他在1914年8月应征陆军入伍，参加第一次世界大战，次年8月10日就在土耳其的加利波里阵亡。鉴于这种重大损失，在第二次世界大战中，英国政府和其他多数参战国，特许科学家不上前线执行战斗任务。

类似的结局胜过初衷的故事，发生在英国物理学家卢瑟福（1871—1937）对原子结构的研究上。

卢瑟福

1909年，卢瑟福与他的年轻助手、德国物理学家盖革（1882—1945）和新西兰青年学生马斯登（1889—1970），用高速的α射线轰击金属箔，观察α粒子穿过金属箔后的分布状况。他们的依据，就是卢瑟福的老师、英国物理学家约瑟夫·约翰·汤姆森（1856—1940）建立的"葡萄干蛋糕模型"。

实验研究却使他们大吃一惊：这个他们以为是原子的真正结构的"葡萄干蛋糕模型"，却不能解释他们得到的实验现象。接着，他们经过反复实验，在尊重事实的基础上，英明地放弃了错误的"葡萄干蛋糕模型"。

1913年10月，不迷信权威的卢瑟福提出了他相对更为正确的"核式结构"原子模型。

其实，这类以肯定开始，以否定告终的实例，在科学的各个领域多有发生。在20世纪初，人们企图建立数学的完备逻辑体系，1930年德国数学家歌德尔（1906—1978）因此发现的不完备定理，就是对这种企图的研究和否定。能量守恒是因为发明永动机的失败而创立；在否定了牛顿的绝对时空观以后，才有爱因斯坦的相对论；量子力学也是在否定经典原子理论之后，才破土而出的。化学上的"氧化说"，源于对"燃素说"的研究和否定。波兰天文学家哥白尼（1473—1543）

否定"地心说"之后，才以"日心说"开辟了"天文学的革命"。

这一个又一个以肯定开始，以疑问或否定告终，从而引出重大发现的实例再次告诉我们，初衷和结局有时是大相径庭的，要切忌先入为主。

绝缘体也会导电
——从塑料到陶瓷

"那是一件废品!"

1975 年,美国宾夕法尼亚大学的艾伦·格雷厄姆·马克迪亚米德(1927—2007)教授,到日本访问。当这位出生在新西兰,具有新西兰与美国双重国籍的化学家参观东京技术学院(一译东京理工学院)时,在一个实验室的角落里看见一种奇异的薄膜——样子像塑料,但又闪着金属的银光。于是,他好奇地问:"那是什么?"陪同的日本筑波大学化学家白川英树(1936—)教授不以为意地说出了开篇那句话。

白川英树接着介绍,这是一个朝鲜留学生在做高分子聚合黑色聚乙炔薄膜实验时,由于没听清要求,弄错了配方,误加入了成千倍的催化剂,才产生出这种莫名其妙的废品。白川英树之所以把它在实验室角落里展示了 5 年,是作为不按导师实验要求而发生事故的"物证"。

马克迪亚米德面对着这件废品思索片刻以后,毅然停止了参观,坚持要求面见出事故的朝鲜留学生。他详细询问了实验的全过程和配料的比例等,在得知这有机银光薄膜还具有一些导电性能的时候,一个灵感的火花迸发出来——能不能发明一种能导电的塑料呢?

这是一个有悖常理的大胆设想。自从 1868 年发明第一种塑料——赛璐珞以来,形形色色的塑料都是绝缘体,这已是"铁板钉钉"的事实。但是,马克迪亚米德却独具慧眼,当即邀请白川英树到宾夕法尼亚大学共同研究。原来，他和另一位当时在宾夕法尼亚大学任教的美国物理学家艾伦·杰伊·黑格（1936— ）教授，正在合作研究无机聚合物的金属薄膜。

在宾夕法尼亚大学的实验室里，他们用先进的设备进行了大量掺杂研究试验——白川英树知道掺杂后材料的性质会发生巨大的改变，并且利用精密电脑记录进行分析。在经过无数次失败之后，当有一次将微量的碘非常困难地加入到一种聚乙炔中的时候，奇迹发生了——经过黑格的一个学生测量，银光塑料的导电率一下子提高了 1 000 万倍（一说 3 000 亿倍），真正成了金属般的导电塑料。

1977 年，在纽约科学院国际学术会议上，白川英树把一个小灯泡连接在一张聚乙炔薄膜上，灯泡马上被点亮了。

"塑料也能导电！"此举让四座皆惊——因为塑料是绝缘体的定论被推翻。

同年夏天，黑格、马克迪亚米德和白川英树等，将他们的成果发表在论文《导电有机聚合物合成：聚乙炔的卤素衍生物》中。这一发现被公认为是一个重要突破。从此，一个新领域诞生了，并促成许多新的和令人激动的应用。

导电塑料的发现，掀起了一股研究热。仅 1984 年这一年，全世界发表的有关重要论文就超过了 200 篇。

那么，掺有杂质的塑料为什么会导电呢？和白川英树一起在筑波大学研究的赤木和夫通俗地说："杂质虽然不会改变塑料的结构，但使电子处于'兴奋'状态，从而形成电流。"

导电塑料具有塑料的优点，例如重量轻，拉伸性、弹性和柔韧性好而便于成型。同时，它又具有金属的优点——导电性好。由于这些优点，可以代替金属作一般的输电导线。由于可以做得很细，所以能在微电子领域大展宏图——例如用在越来越密集而且不断微型化的集成电路中。目前，大批量生产的导电塑料，已经广泛应用在微电子工业中。

将导电塑料浸入一种复杂的溶液后，可以把太阳光的能量转变成电能，它的原理类似植物的叶绿素的作用。用它可以制成太阳能塑料薄膜，并根据建筑物形状进行剪裁，直接将太阳能变成电能并储存起来，非常方便。20世纪末才开始研究的高分子聚合物太阳能电池，就采用了这种太阳能塑料薄膜。它将太阳能转化为电能的效率，提高到了3%左右，一旦更上一层楼，其廉价的成本必将使其前途无量。

蓬勃发展的纳米技术，推进了导电塑料的研究。美国利用塑料纳米技术，成功地开发出了新型塑料太阳能电池。它的电极的厚度只有头发丝粗细，却可以源源不断地提供0.7伏的电压。

利用导电塑料吸收电磁波的特性，可以制成抗电磁波干扰的屏蔽装置，非常轻便。目前可以做得非常薄的导电塑料，具有可以弯曲等其他优良特性。有科学家认为，把它应用在电脑上，将有望进一步缩小电脑的体积并提高其运行速度。

最近，科学家又制成了塑料晶体管，向单晶硅提出了挑战。如果能用导电塑料取代锗和硅，将以低廉的价格和更易于加工处理的优势，引起电脑的革命。

对这些进展，赤木和夫甚至满怀憧憬地说："也许可以像瑞典皇家科学院所说的那样，把高性能的电脑装进手表。"

更令人惊奇的是，科学家又研制出了超导塑料——零下270 ℃的时候电阻为零。这对于超导物理的理论研究又提出了新课题，潜在的实用价值也不可限量。

弗伦德

中国科学家们正在研制的塑料电池，重量轻——仅为铅酸蓄电池的1/20，使用寿命长，提供电流大，其功率密度比传统铅酸蓄电池约高20倍，性能也稳定可靠。这场"电池革命"，最终会使没有污染、噪声小和节约石油能源的电动自行车与电动汽车得到广泛使用。

1990 年，英国剑桥大学卡文迪许实验室的英国物理学家理查德·亨利·弗伦德（1953.1.18—　）发现，在电场中某些有机聚合物可以发光。采用导电塑料制成的有机发光二极管非常薄，比普通发光二极管寿命更长、亮度更大、耗能更低和发光效率更高，因为它属于冷光源。他也因为这一重大发现与其他相关成果，在 1993 年当选英国皇家学会会员；并在 2003 年 50 岁生日那一天被封为爵士，同年 3 月还荣获英国电气工程师学会（Institution of Electrical Engineers，简称 IEE）颁发的法拉第奖章（Faraday Medal）。

美国专家预测，到 2020 年，使用有机发光二极管，将使美国照明用电减少一半，从而每年节约 1 000 亿美元，把生产电能造成的二氧化碳排放量减少近 3 000 万吨。这种发光二极管还可用于制造可弯曲的彩色显示屏幕，用于电脑或电视机等。

导电塑料的发明，让马克迪亚米德、黑格和白川英树荣登 2000 年诺贝尔化学奖的领奖台，共享 91.37 万美元的奖金。

目前，导电塑料大部分是共轭系的高分子，例如聚乙炔（PA）、聚苯撑（PP）、聚对苯撑（PPP）、聚苯撑硫（PPS，又名聚苯硫醚）、聚对苯撑乙烯（PPV）和聚吡咯（PPy）等。

马克迪亚米德　　　　黑格　　　　白川英树

英国物理学家约瑟夫·约翰·汤姆森曾经说过："在能够对科学做出贡献的所有因素中，观念的冲破是最伟大的。"导电塑料的发明，是"观念更新出成果"和"取优点去劣势"的典型例证。

美国电影演员、漫画家、作家威尔·罗杰斯（1879—1935）说：

"没有什么是永恒的。"绝缘体会转向"相反方向"变成导体，印证了这个哲理，也诠释了英国诗人雪莱（1792—1822）的名言："除了变，一切都不能长久。"

用绝缘性好的陶瓷去制作超导体，把硬脆的陶瓷改得硬而不脆，在硬脆的玻璃中加入金属制成硬而不脆的金属玻璃，都是类似的例证。

从白蚁到仙人掌
——不可忽略的"不经意"

1945 年 9 月 2 日和 2005 年 8 月 25 日，两个几乎相差"一个甲子"的日子。

这是人类难以忘怀的两个日子，更是美国人挥之不去的两个日子。

在前一个日子，一艘巨大的战列舰"密苏里"号停泊在日本东京湾的海上，美国的五星上将麦克阿瑟（1880—1964）代表盟国在这里接受日本投降。于是，第二天 9 月 3 日

在"密苏里"号上，麦克阿瑟在受降书上签字

——世界反法西斯战争胜利纪念日，成了一个人类喜庆的日子。

从后一个日子开始，级别最高的飓风——5 级的"卡特里娜"以 200 多千米的时速登陆美国佛罗里达州，使低于海平面的新奥尔良市堤坝溃决而几乎成了水中的"庞贝"。于是，这个造成 1 500 亿美元经济损失和 1 209 人死亡的"美国历史上十大灾难之一"的日子，就成了一个人类——特别是美国人悲哀的日子。

那么，这一喜一悲的两个日子为什么被扯到一起呢？

在接受日本投降以后，美国军人就用木箱装上物件"打道回府"了。然而，他们不知道的是，这些"亚洲木箱"的木板中，潜伏着一

种危险的敌人——白蚁。它们蜷缩在木板中免费远涉大海重洋到达美国，并以强大的繁殖力（每天产卵可达 4 000 枚）和长寿命（蚁后可生存达 50 年）在美国兴旺发达——特别是在像新奥尔良市这种有潮湿温暖气候条件的地区。

"卡特里娜"飓风之后，美国生物学家发现，在新奥尔良市倒塌的许多木结构房屋中，都有来自亚洲的白蚁当飓风的"内应"——它们老早就蛀空了木料使木结构房屋更加"弱不禁风"；而当地的白蚁却基本上没有这种危害。

2005 年 8 月 28 日，新奥尔良市几乎成了水中的"庞贝"

这就是当今时髦的科学名词——生物入侵的一个案例。

这个故事告诉我们的哲理是，我们有时"不经意"的行动，就会带来巨大的灾难。这种例子举不胜举："不经意"乱扔一块西瓜皮，就导致一位孕妇跌倒而流产；"不经意"乱扔一个没有熄灭的烟头，就导致一场森林大火……

生物入侵的案例不胜枚举。澳洲"刺梨"事件，就是另一个典型例子。

1840 年，一位南美阿根廷医生移民澳大利亚的昆士兰州，带来了一个普通的"刺梨"盆景——澳大利亚的仙人掌的祖师爷。

刺梨颜色碧绿，容易生长，还会开出美丽的花朵，人见人爱。在这位医生那里看病的病人就诊以后，就顺手摘了一叶回家，不几天就生根萌发新株了。

刺梨在盆里生长是"矮子"，而插到野外可长到一人高。一些人就把它插在庭院或野地里，听其自由繁衍。"如鱼得水"的刺梨，就毫不迟疑地窜出围篱，向茫茫大草原"狂奔猛跑"……

"合法入境"第 85 年的 1925 年，刺梨已经成了澳洲东部的新霸主——这位新"移民"成了草原和荒漠带的优势植物，盘踞了昆士兰州和新南威尔士州的 24 万平方千米土地，小麦、玉米和牧草等都成了刺梨的"手下败将"——耕地和牧场一片片被蚕食鲸吞。耕地减少、牛羊没草吃，农牧民只好撂荒而逃……

开花的仙人掌

澳洲人用传统的铲除、刀砍、车碾、火燎和喷药等方法围歼仙人掌，但显然收效不大。比如喷农药，起初仙人掌还肥叶枯萎，但根却不死，不久就"春风吹又生"；后来有了抗药性，喷药不仅无效，反而给它洒了水施了肥。

后来，生物学家终于在刺梨的老家——阿根廷发现它的死对头，一种专吃仙人掌的"卡克勃拉斯特"昆虫。这种蛾虫在刺梨株心排卵，孵出的幼虫吃茎啃叶，排出有毒粪便，转眼就让一棵刺梨"呜呼哀哉"。第一次成规模放虫试验，就消灭了 2 470 公顷的刺梨。1926 年更是毁掉 40 万公顷刺梨。在"生物防治"10 年后的 1935 年，仙人掌灾完全被控制——只剩少量刺梨成为点缀澳洲荒漠的不可或缺的风景，同时给"卡克勃拉斯特"提供食粮，以免它去危害"他人"。仙人掌、蛾虫和草原连为一体，使当地的生态环境得到微妙的平衡。

"吃水"不忘"掘井人"——昆士兰州首府布里斯班市，建了"卡克勃拉斯特"蛾虫纪念碑。

在刺梨"走向澳洲"的起点——那个阿根廷医生定居的布拉科尔镇，也建了纪念馆，以铭记这场惊心动魄的"生物战"，警戒后人不要重蹈覆辙。

克隆动物未老先衰
——难以"复制"的大自然

1996年7月5日下午5时，一项后来震惊全世界科学界的事件发生了——6.6千克、妊娠148天的克隆绵羊"多莉"在伦敦罗斯林研究所一个普通的实验棚里横空出世。它的"母亲"是英国生物学家基思·坎贝尔（1954—2012）

克隆绵羊"多莉"

和英国胚胎学家伊恩·维尔穆特（1944 — 2023）爵士(2008年受封)带领的团队。

接下来的故事，大家都知道——数不清的各种克隆牛、兔、山羊、鼠、猪、驴和猫等动物在世界各地"百花齐放"。

然而，"好景"不长——"多莉"出生3年后就"未老先衰"。后来，它又患了肺炎而不断衰竭，只好在正当"中年"的2003年2月中旬被迫实施安乐死。世界各国科学家的"齐放的百花"，也大多"零落成泥碾作尘"。

是什么原因使这些克隆动物"未老先衰"并最终早夭呢？

一些科学家认为，是克隆技术不成熟。这种看法有以下事实依据。

"多莉"是经过277（一说247）次试验才成功的一次，这一成功与其说是一种成熟的技术，不如说是一个偶然的特例。事实上，克隆"多莉"的坎贝尔和维尔穆特等人，就再也没能克隆出任何一只动物来。"多莉"生前的磨难，使他们在它出生以后，没有敢立即公开——他们知道不成熟的技术将使它有可能立即死亡。这样，在"多莉"出生半年以后，他们才于1997年2月23日宣布，并由美联社在同一天报道出来。4天后，英国的《自然》杂志全文刊登了他们的实验结果。

其实，克隆动物"未老先衰"，还有下面这个更深层次的原因。

2003年，英国剑桥的科学家证实克隆的动物容易"未老先衰"的原因，是克隆动物时复制过程本身就会损害动物正常生长的基因机制。他们跟踪了一系列的胚胎图像信号，观察细胞是如何生长的。研究显示，克隆的胚胎常常会出现不正常信号，而正是这些异常阻碍了克隆动物的正常生长——通常情况下，这种异常仅仅出现于动物晚年。

在2005年出版的一期美国《科学》杂志上，一个研究小组报告说，对恒河猴的研究发现克隆使胚胎失去了一些关键的蛋白质。这些蛋白质对细胞中染色体的分配与细胞的正常分裂都至关重要。同样的问题可能也阻碍了克隆人的研究。

几个研究小组一直想通过体细胞核移植来克隆猴子，但都没有成功。美国匹兹堡医学院的发育和生殖生物学家杰拉尔德·沙滕（1949—　）等人，就怀疑在克隆胚胎中有什么东西搅乱了细胞的分裂——在早期阶段，这些胚胎看似正常，但当植入体内后却没有一个能发育成熟的。研究人员深入研究后找到了答案：这些胚胎中的许多细胞在染色体数目上都出现了错误。尽管前几次具有这类缺陷的细胞分裂不会影响胚胎的生存，但发育过程很快就不可救药地"脱轨"了。

这项工作解释了至今没有一个人能成功地从人类细胞核移植得到发育正常的胚胎，也进一步证实了那些宣称已克隆出人类的吹牛者，还不了解细胞或发育生物学的事实。

克隆动物"未老先衰"的事实，表明了这个更深层次的原因——大自然是难以完全复制的。这就是我们这个故事要揭示的深刻哲理

——它有助于我们理性看待自己和"复制大自然"。

人类相当多的科学发现和技术发明，都是受到自然的启发而产生的，模仿或复制当然不乏杰作。仿生学中把大凤蝶翅膀的凹坑结构应用到纸币上，就诞生了极难造假的防伪钞票。许多模仿或复制总是有缺陷的，或者是完全不成功的。

2005 年 9 月，中国的一个研究团队制造了世界领先的仿生智能机器鱼，它虽然能够游动，但却"行动迟缓"——

中国的一个研究团队制造的仿生智能机器鱼在 2018 年"再试水"

和真鱼的"鱼翔浅底"相去甚远。这是有缺陷的例子。据说，同一团队在其后又有进步，但对鱼的转身、快速起动、运动中变速和转向、倒游、定深、制动与跃起等动作的"全能模仿"，依然处于初期试验阶段。

在这种事实面前，更不用说去完全成功模仿或复制生命了！

为什么会出现这样的问题呢？这是由于人类自身和能力的缺陷与局限，更是由于大自然的复杂巧妙和博大精深——只有约 300 万岁的我们，和约 45 亿岁的大自然相比，不过是出生以后才牙牙学语的幼儿。这就像"再大的饼也大不过烙它的锅"一样，再聪明的人也不如孕育他的大自然。也正因为如此，我们更应该全面、持续地了解、熟悉自然，掌握自然的规律。

这就是意大利科学家达·芬奇（1452—1519）所说的"直接向大自然请教"，当"大自然的儿子"。

与"侵略者"和谐相处

——外来物种面前的平常心

碧波荡漾，"水中美人""在水一方"。这是中国南方经常出现的水上一景。

这里的"水中美人"，就是浑身碧透，绿得醉人，连膨大的浮囊叶柄外皮也是绿色的水葫芦。只要它活着，就浑身闪绿，不像草木老是掉落黄叶枯枝。水葫芦成熟期则从叶腋萌生花穗，抽出轴状紫色花簇，花瓣偶尔可见黄、蓝斑点。

水葫芦学名凤眼蓝，别称水浮莲、布袋莲、水荷花和假水仙等。原产于南美委内瑞拉，后传播到南北美洲的热带亚热带地区。1884 年，美国新奥尔良市举行国际博览会，各国客商看见当地簇簇紫花绽放像热带兰的水葫芦，就纷纷带回国作花卉培植。随后不到百年就成了东半球 60 多个国家的常见植物。

由于水葫芦生命力旺盛，繁殖力强到八九天就翻一番，所以很快就成为"水上霸王"。

当中国在 20 世纪 60 年代将水葫芦当作度荒青饲料种植的时候，它在国外已经声名狼藉，到处遭到斩杀。孟加拉的水葫芦引自德国，

独霸水域的"紫色恶魔"水葫芦

称为"德国恶草"。南非的水葫芦引自美国佛罗里达州，20 世纪 20 年

代泛滥成灾，号称"佛罗里达恶魔"。斯里兰卡的水葫芦引自日本，得其骂名"日本烦恼"。印度则称水葫芦为"紫色恶魔"。

水葫芦抢占水面，导致鱼类窒息，妨碍航行，影响灌溉，滋生蚊虫，缠结水轮机叶片，成了大害。泰国湄南河一发洪汛，一座座盘根错节的水葫芦"岛屿"就浮游而下，猛冲桥洞，曼谷几十艘专业船保卫首都，紧急迎战，把"岛屿"分解捞起方才作罢。孟加拉国、印度和巴基斯坦，则采用人工捞取、火焰喷射、毒药喷杀和炸药爆破等手段加以"强攻"，可是，三个月后，"水上绿魔"依旧"在水一方"。于是，它被列进了世界上的"十大害草"。

在中国，水葫芦灾害以闽台粤为甚，福建是重灾区。20世纪80年代以来，养猪主要靠商品饲料，花费人工捞水葫芦养猪不合算。水葫芦成了"被遗忘的角落"，自由自在地四处漂泊，疯狂繁衍。到人们"蓦然回首"的时候，为时已晚！严重的时候福建的水葫芦盘踞了全省1/4的湖塘库沟水域。从2003年冬季开始，福建就打响了专项整治水葫芦的战役……

当然，入侵的不只是植物。

福寿螺又名苹果螺或大瓶螺，原产于南美亚马孙河。因为它营养丰富，肉质松脆味美，所以在20世纪80年代就有人带到台湾和广东

福寿螺和它附着在水稻上的粉红色的卵

等地，开始大规模饲养。由于引入后发现肉质并不理想，吃的人很少，最终被抛到野外的水中。由于它的繁殖力强，没有天敌，所以短短几年就蔓延到温州和丽水等地，使农民的庄稼在一夜之间就被吃掉大半，并和当地螺和鱼类争食水草，成为"害虫"。此时已是"请神容易送神难"。1988年，四川一家农研所从外地引进福寿螺，在泸州人工饲养成功后，在1993年曾使四川省荣昌县（现划归重庆市）的100多亩稻田

颗粒无收。

至于引进的观赏鱼食人鲳在 2003 年咬人的事件，更是当时的热门新闻。

…………

生物入侵已经给人类带来各方面巨大的危害。例如，美国仅一年就会因此损失 1 000 亿～2 000 亿美元。于是，美国国家航空航天局（National Aeronautics and Space Administration，简称 NASA）在一份报

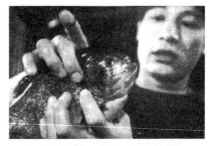

食人鲳上"刑场"前还要咬人

告中说"外来物种的入侵可能会造成 21 世纪最大的自然灾害"。

很多外来物种并没有我们想象的那么可怕，其中 90% 对周围生态系统不产生重要影响，大自然的包容和自我修复能力远远超乎我们的想象。英国著名动物学家、动物生态学家查尔斯·萨瑟兰·埃尔顿（1900—1991）的研究证实，多数情况下外来物种不会削弱生态系统，而是将大生态系统变成更多不同的分支，每个分支中都有对人类有益的生物。

实际上，外来生物大多已经悄无声息地融入新的环境。当地物种的灭绝，很少是外来入侵物种直接造成的结果。

那么，对入侵物种有没有理想的既引进又制约的好办法呢？答案是肯定的。

欧洲的艾菊在引进美国之后不久就成为有害物种，危及当地的生态和环境。后来，美国人把它的天敌——来自法国的红蛾和来自意大利的甲壳甲虫，也引入美国西部。由于它们都以艾菊的叶子为食，结果艾菊受到制约，再也没有力量"为非作歹"了。

由此可见，对于"侵略者"，我们不必都采用"斩尽杀绝"的手段——让它们和天敌"和谐相处"，形成一定"食物链"，保持生态平衡，有时是更好的方法。

　　大自然是和善的。我们谴责"入侵"的真菌疾病给农场带来的后果，却忘记了我们种的一些庄稼和养的牲畜，原先也是入侵物种。我们渴望保持原有的生态系统，但是无论我们是否干预，世界无时不在变化。一个看起来纯粹灾难性的事故，最终可能被科学研究的成果重新解读，促进我们更好地了解世界的客观规律。科学总是在怀疑中前进，科学研究的结果常常令世人惊讶不已——包括科学家自己。

和谐相处还是"以邻为敌"
——信天翁、"福狼"和"坏草"

　　第二次世界大战期间的 1942 年的一天，一队美国士兵登陆了太平洋上一个没有人烟的荒岛。正当他们陶醉于神秘旖旎的自然风光的时候，一群有成千上万只信天翁的"飞行部队"从天而降，用长而硬的嘴、爪子和粪便作武器，向他们发动轮番攻击。最后，在美军动用枪炮和飞机与它们"激战"20 多个小时后，"战争"才宣告结束。

　　"温驯"的信天翁们，为什么突然变得"凶恶"，要攻击与它们"无冤无仇"的美国士兵呢？原来，它们把这些大兵看作是占领它们的地盘的"入侵者"了。

　　我们可不要当"入侵者"啊！否则，就会遭到原来温驯的生物——不只是动物的"凶恶"攻击。

　　可不是吗？下面就有生物"攻击"我们的两个故事。

　　1592 年，英国航海家约翰·戴维斯（1550—1605）的船队在驶向太平洋的途中，发现了位于大西洋南部的马尔维纳斯群岛（"马岛"）。

　　在马岛上，有一种马岛胡狼，也叫南极狼——因马岛非常接近南极圈而得名。南极狼长 90 多厘米，性情并不凶猛，企鹅、海鸟和海豹的幼体是它们的食物。种类繁多的食草动物以及啮齿类动物给南极狼提供了良好的食物来源，于是数量大增。

　　南极狼由于有偷吃羊等家畜的习惯，所以从 18 世纪开始就遭到当地牧人的联合捕杀。在 1833 年英国政府占领马岛以后，这种捕杀就因为英国带来了枪支变得更加血腥。随着枪声不断响起，南极狼终于在1875年彻底灭绝。

南极狼灭绝了，马岛居民似乎也"如愿以偿"了，然而，让他们始料不及的问题——土地沙化也发生了。

马岛胡狼

南极狼灭绝怎么会引出土地沙化呢？

原来，马岛海岸曲折，潮湿多雾，岛上水草丰美，人、动物和植物一起形成了一个相对和谐的生物链。现在，岛上的食草动物和啮齿类动物没有了南极狼这个天敌，就大量繁殖起来。原野上丰美的野草成了它们的饕餮大餐。由于这些动物的大量啃食，很快，草原上的草就没有了踪影，取而代之的是大片沙化的土地。

土地沙化还引出了下一个问题。

在18世纪末，马岛的畜牧业已经相当发达，岛上的大部分居民从事畜牧业。可是，由于草原的消失，大地的沙化，失去草场的牧人们不得不另操他业，有的还背井离乡……

现在，我们从西半球回到东半球。

中国的天然草原约53亿亩，但已经有约90%处在不同程度的退化之中。有人把"毒草"和"害草"（统称"坏草"）列入致使草原退化的一个原因。"坏草"中有棘豆、黄花棘豆、狼毒、醉马草、臭草、甘肃臭草

芨芨草盐生草甸

和芨芨草等。一些人说，它们大量滋生蔓延，使优良牧草（"好草"）——例如羊草、赖草、无芒雀麦、老芒麦和冰草等大量减少，并使牲畜因误食而中毒死亡。于是人们呼吁对这些"罪大恶极"的"坏草""绳之以法"，统统"杀无赦，斩立决"。

这些"坏草"是怎么变"坏"的呢？

原来，"坏草"和"好草"长期以来是"风雨同舟"的——它们谁都没"想"害谁，但是随着草原上的牲畜越来越多，"坏草"的伙伴——"好草"就被吃光了。这样，生存竞争的自然规律决定了"坏草"们要扩大地盘，"占山为王"；"坏草"们还加大了体内"毒素"的"力度"——否则也会成为某些适应性更强的牲畜的美味佳肴。从另外一个角度看，这也是草原的"生态自我保护"——只有长出牲畜不能吃的"坏草"，才能使草原不被毁灭。

你看，又是"入侵者"——人类，让"坏草""占山为王"，而且变得更"坏"。

其实，原本就没有攻击性的生物，说不上绝对的"好"与"坏"。由于生存竞争的需要，它们都有"自我保护"的本能——如果我们要把它们斩尽杀绝，一定会遭到"强烈抵抗"。所以"与大自然和谐相处"，才是我们——"万物之灵"的上上之策。这也是我们生存并持续发展的一个根本性的哲理。

小生物闯大祸
——不可忽略的"小"

1941 年的一个夏夜，巴黎全市突然停电，顿时整个城市乱成一锅粥。

占领巴黎的德军司令部立即判断，这是法国武装力量进攻前的预谋，于是连夜紧急从本土派一个机械化师的兵力来加强戒备。德军的判断也不是空穴来风——1940 年 6 月中旬纳粹侵占了巴黎之后，就经常遭到法国爱国力量的袭击。

德军惶惶不可终日地熬了几天，袭击却没有发生，于是气急败坏地杀害了几百个巴黎市民。

事后，查明了停电原因。原来是发电厂开关闸刀仓的电线被老鼠咬断，造成供电系统失灵。

一只老鼠咬断电线，这是"小事一桩"。但对巴黎的数百市民来说，却用几百条生命为一只老鼠当了"替罪羊"。

这种"小事"引出"大灾"的例子，比比皆是。

下面，是一个商业上的例子。

20 世纪 80 年代初，日本一家雨鞋公司派往世界各地的产品推销员，向公司报告了当地需求的雨鞋款式和数量等资料。公司将这些信息输入电脑，计算出要生产 500 万双雨鞋才能满足市场需求。于是，公司经理决定立即生产供应。可是，整个雨季却只销售了 20%，80% 成了滞销品。该公司因此负巨额债务并最终破产。

开始，经理怀疑推销员提供了错误的情报，后来经查实竟是一只蟑螂爬进了电脑，在里面产了卵，引起了线路的故障，导致信息有误……

下面，是一个工程上的例子。

20世纪80年代一个春意盎然的日子，尼日利亚首都拉各斯的市民同往常一样，在一座雄伟壮观的石拱桥上"闲庭信步"。

突然，"轰"的一声——石拱桥倒塌，桥上百余人坠河丧生，酿成非洲桥梁史上最惨重的事故。

桥梁专家赶到现场对事故进行调查分析，结果发现桥梁设计和施工都没有差错，也没有超载和人为破坏。

究竟是什么原因造成桥垮人亡的惨祸呢？

后来，经一位桥梁专家仔细调查，才发现在桥拱石的缝隙间爬满了蜗牛，当地的这种蜗牛把粘固桥拱石的石灰浆当成了美味佳肴。日久天长，石灰啃完了，拱石松动了……

下面，是一个旅游业中的例子。

苏金达曾经是苏丹国红海沿岸的一座名城，以东方风格的宫殿、通街河道和如诗如画的港口而闻名遐迩。19世纪的旅行家们曾把这座繁华兴旺长达5个世纪的城市，誉为"红海边的威尼斯"，但是，如今它已沦为一片废墟。毁灭苏金达的元凶，是一些"小虫"。

15世纪的苏金达，曾被奥斯曼帝国占领并发展为亚非间贸易的重要集散地。1860年，岛上的土耳其统治者下令修建城墙和营造房屋。居民们趁红海落潮之际搜集珊瑚石，运回港口当建筑材料。在运输过程中，他们也把珊瑚虫带进了水道，从此埋下了祸根——这一带海水温暖适宜，珊瑚虫数量剧增。不久，航道就冒出几座珊瑚礁，造成港口堵塞而无法通航。到了20世纪初，甚至连小船也难以通行了。

下面，是一个仓库中的例子。

1990夏天，日本南部一座仓库莫名其妙地发生了一起火灾，幸亏消防队员及时扑救，才没有酿成大祸。

事后对起火原因进行调查，排除了人为纵火和电线短路，也否定了仓库内物品自燃和自爆。

后来，有人在仓库里发现一只烧死的猫和墙角地上的一堆生石灰。于是，一位专家分析推断，惹祸的就是这只死猫。它在生石灰上撒了一泡尿，生石灰遇水生成熟石灰发生的化学反应产生数百摄氏度的高温，达到了盖在上面的油毡和木板的燃点，引起了火灾。

为了证实这一推断，专家把相当于一泡猫尿的水，浇在 50 千克的生石灰上——果然把盖在上面的油毡点燃。

南橘北枳和"圣散子杀人"
——推广成果要因地制宜

"你们捆的是谁呀!"楚王故作惊讶地站起来问。

"禀报大王,是齐国人——盗贼。"小官赶忙回答。

这是晏子代表齐国出使楚国的时候,楚王演的一场"戏"中的一幕,在《晏子春秋·内篇杂下》中有记载。晏子名晏婴(?—公元前500),字平仲,是春秋时代齐国一个智慧过人的官——大夫。

原来,晏子到楚国以后,楚王设宴款待。酒过三巡,只见两个小官绑着一个犯人走进宴会大厅。这时就有了前面的对话。

"齐国人都善于偷东西吧?"楚王转过头,看着晏子,得意地说。

"我听说,橘子生在江南,就结出橘子;移到江北,就长成枳实,两者虽很相似,但果实味道却大不相同。这是什么原因呢?因为水土的差异。老百姓在齐国从来不会偷东西,到了楚国却会偷,请问这是不是楚国的水土使人善于偷盗呢?"晏子站起身来,反唇相讥。

楚王和晏子的话,从逻辑上讲,都犯了以偶然性代替必然性和以个别代替一般的错误。不过,晏子所说的"橘逾淮为枳",却说明了"环境对事物的发展和改变很重要"这个哲理。

的确,南方的橘子又大又甜,很使北方人"垂涎三尺"。于是,就有人把它带到北方栽种,但结果却大失所望——结出的果实又小又酸。这样,就有了"南橘北枳"即"淮橘为枳"或"橘化为枳"的成语,和"淮南为橘,淮北为枳"的记载。其喻义为,同一事物,因生长环境不同而发生变异。在《古今小说》第25卷《晏平仲二桃杀三士》中就说："名谓南橘北枳，便分两等，乃风俗不等也。"

南橘北枳的例子多得不胜枚举。众所周知，北方的马铃薯不但个头大，而且单位面积产量高。于是，南方人也引来种植，但个子变小，单位面积产量也不高，而且还一年不如一年，只好年年到北方带回母种，期盼好的收成。

南橘北枳在医学上的克隆版，是北宋著名文学家苏东坡（1037—1101）赞扬的"圣散子""杀人无数"的故事。

宋神宗在位的时候，苏东坡曾担任中央和地方的官职，因反对王安石（1021—1086）变法，被以作诗"谤讪朝廷"的罪名，贬放到黄州。

"把酒问青天"的苏东坡

苏东坡到黄州的时候，正好当地流行传染病，患病的人很多。医生用一种"圣散子方"的中成药治疗，效果非常好，患传染病的人大都被治愈。于是，苏东坡就一再挥毫称赞"神药"圣散子的神奇疗效。

随着苏东坡文章的传播，圣散子也名扬四方，受到全国各地的文人及医生们的重视，被视为灵丹妙药。

宋元祐年间（1086—1094）的1091年，永嘉地区闹传染病，很多人也用圣散子来治疗，但是不仅没有能治好，反而使许多人病情加重，甚至死亡。

到了宋宣和年间（1119—1126），圣散子又在汴京广为传播，因为当时的"大学生"们都是大文豪苏东坡的读者，也都读过他的文章，对它的疗效自然深信不疑；但是，医生们在用了它之后，却"杀人无数"，只好停止使用。

明弘治癸丑年（1493年），吴中即苏州一带传染病大流行。曾读过苏东坡赞扬圣散子文章的苏州府地方官孙铄，为了阻止传染病继续蔓延，就命令当地的医生及药店都配制圣散子，除了沿街叫卖，还将圣散子方印刷刊行，到处散发宣传。结果导致许多病人狂躁昏瞀而死。

那么，当年在黄州大显神通的圣散子，为什么后来就不灵了呢？

"三苏故居"的苏东坡塑像

原来，黄州地处江边，临江雨多，比较潮湿，当地人多患有寒湿类的疾病。吃圣散子——祛寒燥湿的药，恰好针对病情，疗效就很好，因此，苏东坡盛赞圣散子也就顺理成章了。

在后来三次提到的那些地方所流行的传染病，却正好与黄州的传染病相反——病人是受温热的邪气侵袭而致病的。此时，再去吃圣散子这种燥热助邪的药物，就好像火上浇油，怎能不加重病情、误治而死呢！

不管是地域不同也好，还是疾病不同也好，都告诉我们一个哲理：推广成果不能不看当时当地的实际情况，应因时因地制宜；所谓的"万能药方"是没有的。科技发明发现中的成果如此，方法也是如此。现实生活中一些强行推广某一经验或方法的失误，都从反面明确无误地验证了这一哲理。

近年，到处流行诸如"求职十大诀窍""创业八大经验"和"择偶六大秘诀"之类的"人间指南"。对此，我们当然可以从中吸取适合自己的"精华"，然而如果一味地盲目照搬，就很可能"橘化为枳"。

在"施恩不图报"之后
——弗莱明这样"起飞"

一辆华丽的马车快马加鞭,在美丽的苏格兰原野上飞驰——向着一位贫苦的农夫家。这是 19 世纪 90 年代平凡的一天。

一位高雅的绅士下了马车,径直奔向农夫的住处。

"我就是被救男孩的父亲,"绅士开门见山,彬彬有礼地向农夫自我介绍,"特此前来道谢。"

这位贫苦的农夫叫弗莱明,他心地善良,乐于助人。一天,他在田里耕作,忽然听到附近的泥沼地带有人发出呼救的哭泣声,就立即放下手中的农具,迅速地跑到泥沼地边。天啊!一个大男孩掉进了粪池里。弗莱明急忙施救,让他脱离了生命危险。

"啊,想起来了,你就是为两天以前我救了你的孩子特地前来道谢的。"

这位绅士表示要以优厚的财礼报答农夫,但农夫却坚持不受。"我不能因为救了你的小孩而接受报酬。"他一再申明。

他们正互相推让得难分难解之际,一个英俊少年突然从外面走进屋来。

"这是你的儿子吗?"绅士瞥了少年一眼,这样问农夫。

"正是。"农夫高兴地点头回答。

"那好,你既然救了我的孩子,那也让我为你的儿子尽点儿力吧。让我们订个协议,请允许我把你的儿子带走,我要让他受到良好的教育。"绅士接着说，"假如这个孩子也像他父亲一样善良，那么他将来一定会成为一位令你感到骄傲的人。"

在此之前的1894年，13岁的这个"英俊少年"就跟随同父异母的哥哥到过伦敦，靠半工半读先后上了两个工艺学校。毕业后当了一家航空公司的职员，但他的志愿是从医。

鉴于绅士的诚心诚意，农夫只好答应了他的建议。

绅士非常讲信誉和重承诺，资助农夫的儿子到伦敦的圣玛丽医学院上大学。这个"英俊少年"凭借这些资助和继承的一小笔遗产，在1906年完成了学业，并在毕业后留校任教。

这个"英俊少年"不是别人，而是后来英国著名的细菌学家亚历山大·弗莱明（1881—1955）教授。

1928年，就在弗莱明任教的圣玛丽医学院，他首先发现了后来轰动世界的青霉素。第二次世界大战初期，又经过出生在澳大利亚的英国病理学家弗洛里（1898—1968）和出生在德国的英国生物学家钱恩（1906—

弗莱明

1979）的进一步研究，青霉素在1941年开始用于临床，并逐步推广应用至今。他们三人也因此共享1945年诺贝尔生理学或医学奖。

那么，上面提到的那个绅士和他的被老弗莱明救起的儿子是谁呢？

那个绅士就是受人"滴水之恩"而涌泉相报的英国上议院议员老丘吉尔，他的儿子就是后来成为英国著名政治家的英国首相丘吉尔。

谁也没有料到，一个贫苦的农夫救起一个素不相识的孩子之后，对后世会产生如此重大的两个影响：他自己的儿子因此获得接受高等教育的机会，日后成为诺贝尔奖得主；被救的丘吉尔在第二次世界大战中建立了卓著的功勋。

生活的哲理是如此简单而深邃：在某种意义上说，并不希望"施恩图报"的农夫，因为行善积德，不但成全了一代名相，从而减少了

丘吉尔

法西斯枪下的冤魂；自己的儿子也"走向科学世界"——用青霉素拯救了多少过去根本无法拯救的生命，得到了无与伦比的嘉奖。

这个故事还在继续。第二次世界大战期间，丘吉尔出访非洲时不幸患了当时是绝症的肺炎。在这紧急关头，弗莱明从英国赶到非洲，用青霉素治好了丘吉尔的肺炎，救了他一命。当时丘吉尔紧紧握住弗莱明的手，激动地说："谢谢，你们父子俩给了我两次生命！"弗莱明微笑着回答说："不用客气，第一次是我父亲救了你，但是如果不是你父亲帮助我，也不会有今天，所以从某种意义上说，是你父亲救了你。"

生活的哲理是如此深邃而简单：两个平凡而伟大的父亲，造就了两个伟大而平凡的儿子——这一切都开始在那不起眼的泥沼地带……

"美则美矣，了则未了。"——"遗憾"的是，有人质疑这个故事的真实性，还指出这个"虚假故事"有多种版本。例如，位置不是泥沼附近的粪坑，而是小河。又如，救丘吉尔的不是老弗莱明，而是小弗莱明。我们愿意"信其有"，不愿"信其无"；因为不但"施恩不图报"和"知恩图报"都是美德，而且还由此造就了两位伟人，更何况这种事件完全符合生活的逻辑，符合人类对美好事物的希冀……

"施恩不图报"既是美德，也是友谊的最高境界，而施恩者往往会得到丰厚的回报。出生在苏格兰爱丁堡的美国发明家贝尔（1847—1922）在1875年发明了电话之后，在1876年获得了专利，并在其后不久的费拉德尔菲亚市百年纪念展览馆展出并得了奖，但依然没有人买他的电话机。在他艰难地募捐、宣传和成立自己的公司之际，休巴顿慷慨解囊捐赠资助了贝尔。那么，休巴顿为什么要送来"冬天里的一把火"呢？原来，当年休巴顿的两个孩子耳聋，曾得到贝尔的父亲的资助，于是后来成为贵族的休巴顿，就涌泉相报而雪中送炭了。

"不共戴天"还是"和睦相处"

——人与病毒是对抗还是合作

病毒——一个让人不寒而栗的名词。它总是与疾病和死亡紧密联系在一起——许多骇人听闻的病症都是它在捣乱。

让人"谈毒色变"的病毒就那么罪大恶极吗？

其实，绝大多数病毒都能与我们和平共处、相安无事，有些甚至就是为我们做贡献的好朋友！

我们曾经把人体内的病毒都看作是致病的"瘟神"。其实，这是一种误解。

实际上，在人体内的所有病毒中，致病的是"少数派"。它们大多只在人体感染的这段极短的时间内存在——患者被治愈或死亡后，就"死于非命"或"另走他乡"了。

那些长时间待在人体内的病毒，大多数不会危害人体，也不会引起症状。不但如此，它们有时还会对宿主产生一些有益的作用。例如，一种内源性逆转录病毒（ERV）在进化过程中，就和哺乳动物的细胞"亲密无间"，并成为高级哺乳动物 DNA 的组成部分。

在生物进化过程中，人和脊椎动物直接从病毒那里获得了 100 多种基因——病毒侵入到这些生物体细胞内的结果。人体内复制 DNA 的酶系统的构建，就有病毒的功劳。

我们知道，生物体都是"排他系统"，但是，母亲体内的免疫系统，为什么不排斥从受精卵开始就生长在子宫内的胎儿呢？人们对此提出的假说之一，就是有某种制约因素在起作用。后来，科学研究已经证实了 ERV 能够通过调节胎盘的功能，来阻止母亲的免疫系统排斥胎儿，保证胎盘的形成。科学家们说，ERV 是母亲的小帮手——没有它们，就没有人类和高级哺乳动物的今天。

你看，病毒有了第一个贡献——促进了生物的进化。

病毒的第二个贡献是，制止了疾病的肆虐。

一些对人体无害的病毒能帮助消除有害的病毒。2004 年，美国科学家用一种经过基因改造的感冒病毒治疗老鼠的脑部肿瘤，取得良好疗效。这种引发普通感冒的腺病毒，能够侵入并杀死 60% 的实验老鼠脑中的肿瘤细胞，但并不影响老鼠体内其他健康细胞的正常功能。它

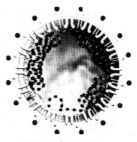

冠状病毒的结构

能使患恶性脑肿瘤的老鼠多活 120 多天。主持实验的科学家说，这一疗法为那些不宜接受手术的脑肿瘤患者提供了希望。

与上述发现相隔不久，加拿大的科学家也发现了一种能够杀死癌细胞的病毒——这种遍布人体的滤过性病毒对人体无害。研究人员用老鼠进行实验，发现注入这种病毒后，老鼠身上的恶性肿瘤就会消失。

有的科学家大胆尝试用令人闻风丧胆的艾滋病病毒来"以毒攻毒"，开辟了一种治疗中枢神经系统疾病的新方法。科学家还设想，用艾滋病病毒中携带的遗传因子，替代患者身体细胞内有缺陷的遗传基因，来治疗帕金森氏综合征和阿尔茨海默症。

病毒的第三个贡献是，维持生态平衡。

病毒在漫长的进化过程中，一定"试探"了各种各样的宿主。如果对方的"抵抗力"太弱，它就会"命丧黄泉"；只有和它"旗鼓相当"的宿主，才能相互"共存共荣"。就在这漫长而又不断"磨合"的过程中，物种之间才形成了相对稳定的"同步"进化关系，生态系统也就达到平衡。

这个平衡是动态的。当一个物种面对陌生病毒的时候，因为没有

"练就"抵抗的本领，就无法控制"入侵者"的大量繁衍，病毒种群就会大爆发而酿成疾病灾难。此外，病毒自身也会变异和出现返祖现象，从而导致宿主原有的抵抗本领减弱或消失。事实上，自然界中的很多疾病灾难，都是这个原因。

下面的一个实例，就充分说明了这一点。

19世纪初，欧洲的兔子随着英帝国殖民者来到澳大利亚。1859年，墨尔本动物园引进了24只欧洲家兔，供人们观赏。不幸的是，这个动物园关家兔的木笼于1863年在火灾中被烧毁，幸存者窜奔旷野，成为野兔。

因为当地牧草丰美，又没有高等食肉动物，所以当地的野兔在近一个世纪里就增加到70亿只。野兔与家羊争牧草，还打洞破坏草原，严重危害了草原生态平衡和畜牧业发展。在这"兔灾"面前，澳大利亚政府只好在1950年引入了一种黏液瘤病毒——让野兔感染之后几乎100%地死亡，而它的天然传播媒介是蚊子。

开始，实验很成功——澳大利亚东南部有蚊子肆虐的地区，兔瘟疫像野火般蔓延，3年内就沿着南部海岸到达了澳大利亚西部，使各地99%的野兔死于非命。但好景不长，不久，杀死率逐渐降低，野兔数量渐渐回升。

为什么会出现这种现象呢？实验表明，野兔身上病毒的毒性减弱，而它们抗病毒的能力却大大提高了。

在与病毒的长期较量中，我们获得了一次又一次的"成功"——天花绝迹，鼠疫罕见，霍乱基本消灭，烈性传染病已不再是人类死亡的首要原因，人均寿命已超过古稀。正当人们为"伟大胜利"而欢呼雀跃，准备"穷追猛打"，要让所有致病性病毒遭受"灭顶之灾"的时候，却发现人在万物之中并不是"独孤求败"。此外，还发现杀灭致病性病毒的道路也并不是一路坦途——耐药的致病性病毒"野火烧不尽，春风吹又生"，变异的致病性病毒让人们防不胜防……

在这种欲战不胜、欲罢不能的窘境之下，我们应该怎么办呢？

用一用中国老祖宗的"天人和谐"和"泛爱众生"吧！

显微镜下的黄色黏球菌

1977年，德国的福尔克·拉什（Volker Rush）教授正式提出了微生态学（microecology）这一概念，使微生态学作为一门独立的学科，也使人与病毒等微生物的单纯对抗关系开始冰释。

下面的实例，是这方面研究的一个成果。

2004年，德国马克斯·普兰克研究院的生物学科学家们发现，某些细菌能够迅速地生成一些可以相互作用和合作的复杂方法。生物学家格雷戈里·韦利舍（Gregory J. Velicer）和妻子于云素，对黄色黏球菌（*Myxococcus xanthus*）的一种突变株做实验的时候，发现了这个现象。通常，这些细菌会聚集在一起寻找食物，或者为了生存会聚合成一个子实体。由于突变株已经发生了变化，它就再也不能参加这类"集体活动"了——像已经被驯化了的狼失去集体猎食的本能一样。

韦利舍说："我们亲眼看到全新的合作形式产生了。"进一步的研究可以揭示这些细菌群体发生的变化，从而防止它们给人类带来危害。

我们对病毒、病菌和其他任何生物，尝试着从"对抗"走向"合作"吧——也许，如果没有它们，世界将黯然失色！

"纯净"并不带来健康
——"养生"中的"滥贱"哲理

在非洲著名的奥兰治河畔，生长着许多羚羊。照"理"说，地域相近，环境和食物类似的同一物种，各方面都不应该"相去天渊"。一位生物学家却惊奇地发现，河东西两岸的羚羊不大一样——东岸的比西岸的繁殖能力强很多；奔跑速度也更快，达到 13 米/秒！

在迷惑不解之后的调查表明，原来河东岸有狼群，在这样的"竞争氛围"中，羚羊必须学会快速奔跑变得越来越有"战斗力"才能生存，从而也强壮了自己。

高鼻羚羊

西岸没有狼这种"天敌"的羚羊，成天养尊处优，则没有"忧患意识"，缺乏"奋斗精神"，最终"弱不禁风"。换句话说，是"没有狼"这种"纯净"害了它们。

动物中类似现象比比皆是。

1996 年的"爱鸟日"这一天，芬兰的维多利亚国家公园应广大市民要求放飞了一只在笼子里关了 4 年的秃鹰——一种敢与美洲猎豹争食的猛禽。这只秃鹰却在 3 天后死在一片树林的地上。死的原因是，它在笼内被关得太久，"纯净"得没有一个"天敌"，长年的"饭来张口"让它失去了当初的生存能力。

一种味道独特鲜美的鳗鱼的故事，更能生动地说明这一点。与其他捕鱼者捕到鳗鱼后鳗鱼很快死亡不同，日本北海道的一位老渔民捕到的鳗鱼总是活蹦乱跳的。于是他成了远近闻名的富翁，而其他人只能维持温饱。无人知晓其中的"奥妙"。他在临终的时候，把"奥妙"留给了他的儿子：在整仓的鳗鱼中，放进几条狗鱼——它是鳗鱼的"死对头"；当势单力薄的狗鱼，在"鱼多势众"的鳗鱼追赶下四处乱窜的时候，反而把奄奄一息的一仓鳗鱼激活了！

其实，类似的现象和道理并不仅仅出现在动物界。

"'滥贱'的孩子好喂。"这是一句在中国民间流传的谚语。意思是说，过于娇惯的孩子容易染病死亡，反之，才能健康地存活。

这种说法很容易找到事实例证。改换到同样恶劣环境中的时候，通常都是城市里白白胖胖的孩子"弱不禁风"病倒，农村黑黑瘦瘦的孩子则"任凭风浪起，稳坐钓鱼船"。

原因很简单，"纯净"的"温室"，没有给娇生惯养的"宝贝"应有的免疫力；"龌龊"的"风浪"却让"滥贱"的孩子乘上顽强的生命之舟，去横渡波涛汹涌的生活之海。

还是"全面营养"更好

类似的情况存在于许多疾病之中。

美国哮喘病专家保罗·汉纳威综合在奥地利、加拿大、德国和芬兰的研究数据发现，在农场中长大的孩子、在幼儿园的孩子，分别比在人口稠密地区长大的孩子、在家的孩子，患哮喘的概率更小。显然，这都与儿童时期接触病原体的数量相关——在相对洁净环境中成长的孩子，患哮喘的可能性更大。

当一些常年居住于城市的旅游者到较为偏远、落后的乡村旅游的时候，与当地的人喝一样的水、吃一样的食物，当地人安然无恙，而他们却上吐下泻。这"水土不服"的原因很简单——这些旅游者平时

"太爱干净"了，他们娇嫩的肠胃经受不起一点细菌或其他异物的折腾。

其实，"滥贱"哲理也是一个普遍的原理。许多生物因为"滥贱"才能在诸如沙漠缺水、高温或低温等恶劣条件下生长繁衍，而"娇生惯养"的生物则在这些恶劣条件下"无疾而终"。只穿行在"两点一线"之间的学生们或者科学工作者们，由于很少接触社会上的"龌龊"，比那些"社会上的人"更容易"上当受骗"……

药物"风光"在毒药
——从砒霜到尼古丁

一条蜈蚣摆在你面前，你敢吃吗？一个中医对你说："入药吃吧，不但没事，而且病还会好的……"

其实，许多中药都有毒性。砒霜和水银是有名的毒药，雄黄、乌头和附子等等，也有毒。

文艺复兴时期的法国医师兼药剂师帕阿苏认为，药物的毒性在于剂量。其实，任何物质都有一个致死量。科学家在研究猝死于"马拉松"的运动员之后发现，死因是过量饮水的"水中毒"——连续过多饮水会稀释人体血液中的电解质从而导致肺和脑积液。在 1997 年，英国希林登医院就有一个 40 岁妇女，因过量饮水的"水中毒"而死亡。

帕阿苏的观点，有助于我们扩展药物开发的思路——在"毒药"中去开发新药。以下是四个实例。

几百年来，砷化物都是人和动物的杀手，令人望而生畏；但是，不纯的三氧化二砷——我们熟悉的俗称是砒霜

少棘巨蜈蚣

或白砒，不但适量内服能治疗疟疾和肺部有寒邪的哮喘，而且外用能治疗疮毒，清除腐肉。德国药物学家、细菌学家、免疫学家欧立希（1854—1915）发明的著名药物"606"和"914"，都是有毒的砷化物——它们用来治疗梅毒等疾病。

现在，科学家发现三氧化二砷对于致命的血液肿瘤——急性早幼

粒细胞白血病有显著疗效。于是让它再立新功——在对56例病人的系统治疗中，1/3的病人用到了致死量，结果不仅无一例死亡，反而有87%的患者得到明显缓解，两年后病人生存率接近50%。

欧立希

"当初接受这项治疗时，心里很害怕。从没想到我能和正常人一样活到现在。"加拿大的年轻患者安娜说，"这样显著的疗效简直就是上帝的恩赐。从2000年到2003年，我的病情一直处于缓解状态。"主持这项研究的罗伯特教授则激动不已地说："这是一个了不起的突破。砷化物治疗对细胞的破坏，甚至轻于会杀死正常细胞的常规化疗。"

用百分之几盎司的肉毒杆菌毒素，就可毒死100万人，是杀伤力最大的生物武器之一，但它同时又是一种最广泛应用的药品——包括它的常用的剂型Botox。这种被提纯的毒素的给药速度是百万分之几盎司每分钟，是致死量的1/70，最初只被用于治疗不可控制的眨眼，而目前已广泛用于四十余种疾病的治疗——从脑瘫和帕金森等致残疾病，到面部皱纹和多汗等非致命疾病。2003年的研究发现，它对缓解精神分裂症有显著效果。

"除了阿司匹林和青霉素，我实在想不出像Botox这样用途广泛的药物。"研究了肉毒杆菌毒素12年的麦克兰迪感慨地说。

"吸烟有害健康。"烟中的尼古丁可以使人的神经和心理依赖成瘾，1/100盎司的纯尼古丁就可致人死命，但是，尼古丁却有能使人注意力集中并改善记忆的功能。在人的神经系统中遍布尼古丁受体，这些神经元可以协助调整重要的神经介质——如乙酰胆碱、血清素及多巴胺等的释放。

佛蒙特药学院的美国临床神经学家布鲁斯说："尼古丁使神经系统保持健康，它是良好的精神药物。"一定剂量的尼古丁缓释片，可以有效改善老年痴呆症病人的症状，使他们的记忆力和注意力得到强化。

这些人缺少乙酰胆碱。尼古丁还是患 Tourette 综合征儿童的福音，这种病与多巴胺分泌过多有关。当给 Tourette 综合征的孩子服用含尼古丁的片剂后，他们的抽搐和不良情绪都有所改善。尼古丁甚至有助于精神分裂症病人稳定情绪，面对现实，从彻底的绝望中摆脱出来。

一只水蜗牛将自己埋在水底的沙土中，只把鲜艳的外壳和坚硬的附加物露在外面。当一条饥饿的鱼游过来想咬它的时候，蜗牛用它带刺的附加物敏捷地扎向鱼，并喷出毒液，很快就使对方瘫痪。

蜗牛不但有保护柔软躯体的"盾"——螺壳，还有置敌于死地的"矛"——毒液

当在患慢性疼痛病的病人的脊髓间隙中注射 0.08 盎司的蜗牛毒素提取物后，病人的痛苦很快减轻，并获得舒服的快感。包括那些晚期癌症患者，使用蜗牛毒素的效果比使用吗啡的效果要强 100 倍。

…………

借助于现代科学，我们对毒药的认识越来越清楚了，尤其是对它积极有益方面的了解和利用。

这些有毒新药的出现，可以帮助我们理解量变质变和事物都有多面性的哲理。

条条大道通健康
——"养生"中的"多元"哲理

"饭后百步走，活到九十九。"这"养生之道"的民谚，在民间广为流传。

"饭后百步走"并不是"万应灵丹"——一些肠胃病人或肝病患者等，如果"饭后百步走"，就"活不到九十九"。此时，代替前述民谚的是"饭后躺一躺，不长半斤长八两"。这里的"八两"，是原来16两为1斤的"老秤"的"半斤"。此外，即使应该"饭后百步走"的人，是放下碗就走还是休息几分钟才走，是快走还是慢走，走多长时间，都应因人而异。例如，高血压患者就不能走得太快。

由此可见，是否应"饭后百步走"和如何走，是不能一概而论的。

"生命在于运动"，历来是"经典健康格言"，然而，我们却可以举出"生命在于静养"的实例——"打坐参禅"的"修行者"，健康长寿的不在少数。反面的例子是，不少"动"得剧烈的、"风华正茂"的运动员或体力劳动者，不是猝死在"现场"，就是因过于劳累而短寿。事实上，"生命在于动静结合"，而"动"和"静"到什么程度，显然应因人而异。只有心态平和的"静"和朝气蓬勃的"动"相结合，才是正确的养生之道。

早晨运动好还是晚上运动好？一个人如果血压高、心率快、心衰，那就不宜在早晨运动，因为早晨7—10点是这类患者的"魔鬼时间"。在这段时间里，人的交感神经兴奋、血流加快，那些在"临界状态"的人再加大运动量，增加了心脏的负担，就会带来致命的危险。这类人适宜在晚上适当运动。

跑步好还是散步好？爬楼梯到底好不好？对老年人来说，爬楼、跑步都不好，走路最好。因为跑步时膝盖半月板承受的压力是体重的三四倍，而走路时只有一倍多——老年人的半月板大多磨损过度，不能再雪上加霜了。

赫利霍里·尼斯特

据某报 2003 年的一期报道，江苏省年纪最大的老人李阿大，是苏州市沧浪区友新街的街道居民，当年 115 岁。她的"长寿秘方"——一日三餐都吃高脂肪的红烧肉，让主张"多素少荤"才会健康长寿的保健专家们大跌眼镜！这位头发全白的"小脚女人"，弯背挂拐杖，但口齿和听力都很好。2007 年时"世界最长寿男性老人"乌克兰的塔里·亚里切夫村的赫利霍里·尼斯特（1891—2007）则说，他的长寿秘诀是"终身未婚"——与"和谐幸福的婚姻使人长寿"的观点背道而驰。

截至 2019 年 4 月，"世界最长寿女性老人"是活了 137 岁的日本妇女大川美佐（1878—2015）。她在 2013 年被吉尼斯组织认定为"世界健在最长寿女性"，并获得证书。同年 6 月，她又被吉尼斯组织认定为"全球最长寿老人"。不过，她说出的"长寿秘诀"却让人哭笑不得，请不要随意采用："平时最喜欢吃生鱼片……男人是痛苦的根源……"于是，她早早就结束了婚姻生活

大川美佐

——虽然有三个子女、四个孙子和六个曾孙，后来也不跟任何男人相处……

由此可见，通往长寿的道路不止一条，而且因人而异。

总之，条条大道通健康，健身方法"百花齐放"——生命的复杂性、生命的个体差异和养生的个性化，能对此做出解释。

"像心脏一样工作，像蜜蜂一样生活。"资深心脏病专家这么说。这就是说，要忙碌高效而弛张有度。"出力出汗不出血，拼脑拼劲不拼命"，在这个前提下，来探索最适合你的养生之道吧！

"小人物"与"大人物"
——亚当斯和居里夫人的故事

"小人物"当"大人物"的"老师",在科学史上也不乏实例。

于 1843 年在剑桥大学数学系毕业的"毛头小伙"约翰·考祺·亚当斯（1819—1892），经过两年计算，预言了一颗新星（后来叫海王星）的位置。1845 年 9 月和 10 月，当亚当斯先后请人把计算结果转交给格林尼治天文台台长艾里（1801—1892）和剑桥天文台台长查理士（1803—1882），请他们用天文望远镜寻找它的时候，他们却置之不理。

亚当斯

艾里和查理士为什么会置之不理呢？原因很简单：艾里是英国皇家天文学家、世界著名的格林尼治天文台的台长，查理士则是著名的剑桥大学天文台的台长，他们都是"大人物"。

为什么"大人物"往往会不理睬"小人物"呢？原因也很简单："大人物"们都没有解决的问题，"小人物"怎么可能解决呢？

既然如此，"大人物"艾里和查理士对"小人物"亚当斯的"胡言乱语"置之不理，就"顺理成章"了。

置之不理，倒是省事和"轻松愉快"的，但这"轻松愉快"能持续多久呢？

一年后的 1846 年 9 月底，从英吉利海峡那边的柏林传来了"后来居上"的消息：根据法国巴黎青年勒·威烈（1811—1877）的计算，柏林天文台的德国天文学家、副台长伽勒（1812—1910）发现了海王星。

此时，艾里和查理士都追悔莫及，也受到了深刻而惨痛的教育。艾里更是为自己的冷淡和傲慢交了"数目不菲的学费"——英国人始终愤愤不平地谴责他把发现海王星的优先权拱手相让，把他看作"卖国贼"似的反面人物。

人格不是以金钱多少、地位高低和权力大小等等来划分高低的。

为了这"小小的一点人格"，100多年前的居里夫人——没结婚之前叫玛丽·斯克沃多夫斯卡（1867—1934），就归还了"光荣借款"。

居里夫人

1893年7月，留学法国的玛丽在索尔本大学理学院——巴黎大学的一部分，以全班第一的成绩，得到了物理学的学士学位。由于没钱继续深造，且她的爸爸也想她早日一直留在波兰，所以回到波兰家中的玛丽，打算放弃再去巴黎留学的想法。

正当玛丽打算"放弃"的时候，"奇迹"出现了：她的好朋友迪金斯卡小姐，为她争取到了600卢布（当时约合300美元）的奖学金，它是"亚历山大诺维奇基金会"授予的。这个奖学金专门奖给留学成绩优异的学生，让他们能在国外继续深造。

玛丽兴奋得一蹦三尺高！她又可以在巴黎学习1年多，拿到数学学位了！

玛丽满心欢喜地回到索尔本。

1897年，居里夫妇在钢铁磁化方面的研究取得了成功，居里夫人在怀孕期间完成了相关论文《淬火钢的特性》。为此，法国科学协会奖励给她一笔钱。这是她"正式"挣来的第一笔钱。

居里夫人没有"乱用"这笔钱，而是马上付还了4年之前那笔600卢布的奖学金。她在还款的信中写道："我把你们的奖学金当成光荣借款，它帮助我获得了初步的荣誉。借款理应归还，请把它再发给另一个生活贫寒而又立志争取更大荣誉的波兰青年!"

好一个"光荣借款"，它不但是居里夫人淡泊金钱这一美德的缩影，而且也是她的人格的体现，更是女性自尊、自爱、自立和自强精神的弘扬。

"优势" ⇔ "劣势"
——齐奥尔科夫斯基和格兰杰

一颗子弹打来了，一根肋骨断了。

1912 年 10 月 24 日，美国的密尔沃基。

这一天，美国总统（1901—1909 在任）西奥多·罗斯福（1858—1919），正准备为第三次竞选总统进行演说。突然，一个跟了他 2 000 多千米、阻止他"再而三"当选总统的刺客，射出了仇恨的子弹……

当时穿透力远不如今的子弹，打穿了罗斯福身上的衣物，但只伤了这一根肋骨。

罗斯福忍着疼痛，拿出有弹孔的讲稿，在坚持讲了 90 分钟之后，才到医院治疗。这颗子弹一直没有取出来——怕危及生命。7 年以后，罗斯福才永远地闭上了眼睛。

当时，拯救罗斯福性命的，是他的近视眼镜盒和厚厚的讲稿——它们减弱了子弹的杀伤力。

西奥多·罗斯福

原来，罗斯福的讲演稿厚达 50 页，不好放进夹克衫的口袋，他就只好对折起来放……

"绅士的讲演应该像女人的裙子，越短越好。"听众先是一怔，接着哄堂大笑，掌声不断——这是发生在 20 世纪 70 年代台湾一所学校的毕业典礼上的一幕。开场就说这番话的是中国著名散文家林语堂（1895—1976）。由此可见，冗长的讲演历来不受欢迎。

然而，这并不是绝对的。

罗斯福近视才有眼镜盒，冗长的讲演才有厚讲稿。于是我们说，是"眼睛近视"和"讲稿冗长"这两个"缺陷"，才给罗斯福带来了一个"福"——避免了"应声倒下"。

对这一特殊的"个案"，我们又体会了一个哲理——近视眼和正常眼，冗长和简洁，并没有绝对的"优""劣"之分，有时"劣"可以转化为"优"。

这种情况，在科学领域也十分常见。

俄罗斯科学家康斯坦丁·埃杜阿尔多维奇·齐奥尔科夫斯基（1857—1935）的名字，是我们所熟悉的。由于在宇宙航行理论和空气动力学方面的许多开创性贡献，他被誉为"理论宇航之父"和"俄罗斯航天之父"。"地球是人类的摇篮，但人类不可能永远被束缚在摇篮里。开始他将小心翼翼地穿出大气层，然后就去征服整个太阳系。"——他的名言，激励着我们至今还在探索无穷无尽的苍穹。

齐奥尔科夫斯基

活泼伶俐，喜欢看书和思考，还特别爱"不着边际"地幻想的齐奥尔科夫斯基在9岁那年，就不幸在滑雪时得了感冒，导致患猩红热。最终，在10岁时几乎完全失去听觉，只好被迫辍学。从此，他失去了上学的机会，甚至连小朋友们的游戏也只能"作壁上观"。

"我的耳朵近乎全聋，因此成了邻近的儿童们嘲笑的对象。这个生理缺陷使我同人们疏远了，"齐奥尔科夫斯基后来回忆说，"但却促使我更加发奋读书，用幻想来忘却所有的烦恼。"

认识到"劣势"可以转化为"优势"的齐奥尔科夫斯基独自待在家里，开动脑筋，给自己制作玩具。他曾根据书上一幅简单的插图，仿制出了一架可以观测森林的观象仪。父母和亲友见他小小年纪，用一双灵巧的手，制出了许多精美的自动玩具，都很惊奇。在父亲的书房里，他如饥似渴地阅读着科技书籍。

1873 年，出生在俄罗斯梁赞省伊热夫斯克的年仅 16 岁的齐奥尔科夫斯基，只身闯荡莫斯科。最初，他一面在莫斯科鲁勉柴夫斯基博物院的公共图书馆看书学习，一面借助自制的助听器，在一所大学旁听。但高昂的学费和丧失殆尽的听力，使他难以坚持听课。于是，他干脆一门心思走上了自学之路。

…………

终于，手脑并用的齐奥尔科夫斯基自学成才，被公认为是世界上最伟大的航天先驱之一。

格兰杰

类似的"劣势"转化为"优势"的故事，也发生在英国经济计量学家克莱夫·威廉·约翰·格兰杰（1934—2009）身上。他原来想当气象学家，但在 17 岁上高中时表达这个意愿的时候，却因口吃把"气象"二字说得像一些数字。于是他避短扬长，改学经济学。最后，1959 年获英国诺丁汉大学博士学位的格兰杰，在 1974 年当上了美国加利福尼亚州大学圣迭戈分校的经济学教授，成为 2003 年诺贝尔经济学奖的两位得主之一。

格兰杰的同胞、著名的英国首相丘吉尔也是扬长避短取得成功的典型。他 13 岁到哈罗公学求学的时候，不但拉丁文和数学成绩差，而且落落寡合、自制力差、不遵守校规、性格倔强。但他有兴趣的文史科目却很棒——曾有一次当众背诵他喜爱的英国历史学家、政治家托马斯·巴宾顿·麦考利（1800—1859）第一男爵写的 1 200 行作品，无一差错。于是，他后来就随父亲参加社会活动，最终成了优秀的政治家。

美籍华人杨振宁更是一个扬长避短取得成功的典范。他"笨手笨脚"、不擅长实验，以致他所在的艾里森的实验室流行着这样的笑话："哪里有爆炸，哪里就有杨振宁。"后来，他接受了导师泰勒的建议，改为从事理论物理研究。

探测卫星为何"失踪"
——不可忽略的计量单位

1998 年 2 月，又一枚火箭腾空而起——运载着一颗探测火星气象的卫星，预定在 1999 年 9 月 23 日抵达目标；然而，这次 NASA（美国航空航天局）却失望了——研究人员惊讶地发现，卫星没有进入预定的轨道，而是陷进了火星大气层，很快"失踪"了。

为什么经验丰富的 NASA，这次却让卫星"误入歧途"呢？

经过紧急调查，NASA 的官员发现问题竟出在卫星的有些资料，没有把计量单位中的英制转换成公制——错误来自承包工程的洛克希德马丁公司。

原来，美国企业——包括太空工业使用英制，喷射推进实验室（国家实验室）则使用公制；承包商理应把英制都转换成公制，以便喷射推进实验室每天两次启动小推进器，来调整卫星的航向。导航员认定启动小推进器的力是以公制的"牛顿"为单位。不料，洛克希德马丁公司提供的资料，却是以英制的"磅"为单位，结果导致卫星的航向出现微小偏差。日积月累，终于"差之毫厘，失之千里"。

准确的数据控制的
卫星进入预定轨道

这个没有把英制换成公制的"小错误"，造成了巨大的经济和其他损失。这颗造价高达 1.25 亿美元的卫星，就打了"水漂"！

表面看来，这次卫星的"失踪"，有一定的"偶然性"，但实际上却有一定的"必然性"。那这"必然性"在哪里呢？

原来，美国是现在世界上的三个"孤家寡人"之一——只有它、利比里亚和缅甸是全球没有废除英制的国家（英国与英联邦国家，以及例如电视机、电脑显示器、手机屏幕大小的某些领域除外）。由此可见，美国度量衡的"一国两制"，迫使人们无时不进行"换算"，而在大量的"换算"中，"小错误"的次数"必然"增多。从反面来说，如果美国的度量衡不搞"一国两制"，这样的"小错误"就完全可以避免。

这个故事明白无误地说明了一个看似简单，但经常被人忽略的哲理：细节有时决定成败。同时，也看到采用统一的计量单位有多么重要！

所谓计量单位，是将同类量进行比较时的一个约定参考量。

在古代，人们常用身体的某些器官或部位的尺度作为计量单位。在古埃及，人们用中指来衡量人体的身长，认为健美的人的身高，应该是中指长度的 19 倍。

各个国家或地区的各个历史时期，都有各自的计量单位。以长度为例，英尺是 8 世纪时英王的脚长——1 英尺等于 0.304 8 米。10 世纪时英王埃德加把自己大拇指关节间的距离定为 1 英寸——1 英寸为 2.54 厘米。这位君王的一直沿用了 1 000 多年的"码"，则是以自己的鼻尖到伸开手臂中指末端的距离——91.44 厘米，定为 1 码。在中国，也有"伸掌为尺"的说法。

18—19 世纪，随着生产力和科学技术的发展，人们逐渐认识到计量单位必须符合物理学的概念，也发现各物理量之间存在着一定的必然联系，所以它们的单位之间也必然有一定的关系——单位制的概念由此产生。

同时，国际经济和文化交流的日益频繁，使人们感到必须建立一种统一而合理的计量单位制度。

法国首先创立了米制计量单位。1875
年 5 月 20 日，17 个国家在巴黎开会签署了
《米制公约》，当年就有 20 多个国家签署了
这个公约。会议还决定设立国际计量局，
签约国计量领域的最高权力机构是国际计
量大会。在 1889 年召开的第一届国际计量
大会上，确定了"国际米原器"和"国际
千克原器"。

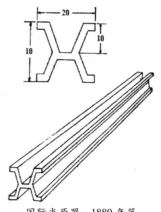

国际米原器，1889 年第
一届国际计量大会通过，
保存在巴黎

国际统一的计量单位制，促进了国际
经济和文化的交流。1960 年第 11 届国际计
量大会，通过了"国际单
位制"（简称 SI），它是
目前世界上最先进、科
学、合理和实用的计量单
位制。

中国的计量法，规定
我国采用 SI。为了照顾人
们的习惯，还选用了一些
非国际单位制单位（例如
"吨"），与 SI 的单位共同组成我国的"法定计量单位"。

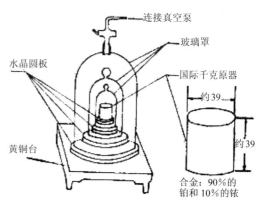

保存在巴黎的国际千克原器，1889 年
第一届国际计量大会通过

黄金梦破却千古留名

——哥伦布"东辕西辙"之后

一个"小小少年"，经常抱着脑袋静静地痴坐在海岸的岩石上，向浩瀚无垠的大海眺望——任凭"启明"变成"长庚"。他不是别人，而是我们从小学起就熟悉的著名航海家克里斯托弗·哥伦布（Christopher Columbus，约1451—1506）。

一个少年呆呆地坐在海岸的岩石上，不管"启明"是否变成了"长庚"……

哥伦布出生在意大利热那亚一个纺织工人家庭，是家中五个孩子中最小的一个，少年时代就当了一名水手。他非常聪明，很快就掌握了用罗盘辨别航行方向的技术，学会了如何根据海上出现的各种征兆来避开海难。

由于家庭生活的窘境，哥伦布和寻常人一样，非常向往财富——坐在海边眺望的同时，还做着黄金梦。

如果不是一次意外，哥伦布将和其他意大利水手一样，会在意大利的船上终其一生而消弭在并不如歌的岁月之中。

当时，欧洲沿海各国都有规模不等的船队远

哥伦布

航。哥伦布在青少年时代就到过英国和几内亚等许多地方。这次意外，就发生在葡萄牙附近海域的一次海盗行动中。凭借一根救命的船桨和顽强的毅力，哥伦布在游了大约10千米以后，爬上了葡萄牙的海岸。

1476年，哥伦布移居葡萄牙首都里斯本，和一个贵族的女儿结了婚并生了一个孩子。之前的1474年，哥伦布与在意大利时认识的佛罗伦萨的占星家、数学家、地理学家、宇宙学家保罗·达尔·波佐·托斯卡内利（1397—1482）通信时，托斯卡内利向他说，地球是圆的，只要一直向西行走，度过"黑暗的海洋"，再航行

《马可·波罗游记》插图：马可·波罗和蒙古帝国大汗忽必烈在元大都的王廷

不远，就会到达东印度群岛，那里就是神秘而富有的国度——东方的中国。

这里，"黑暗的海洋"是指大西洋——当时航海条件下这浩瀚无垠的大海曾经吞噬了无数船只和生命。

托斯卡内利为什么要向哥伦布说中国呢？

在1275—1292年，意大利旅行家马可·波罗（1254—1324）随身为富商的父亲居住在中国。1295年马可·波罗返回意大利之后，在1298年威尼斯和热那亚的战争中被俘入狱。他在狱中写成了《马可·波罗游记》一书，书中描绘了中国的繁华和富庶：歌舞升平的大都市，丝绸、瓷器和香料……

托斯卡内利

面对向往财富的哥伦布，托斯卡内利当然就要鼓吹这神奇国度的富庶和繁华了。

在发财梦的驱使下，哥伦布在1478年向葡萄牙王子裘安（1455—1495，1481—1495就位成为国王裘安二世即诺昂二世）鼓吹派一支船

队到中国去寻宝，但在 1482 年遭到认为路途遥远、计划难以实现的葡萄牙人拒绝。失望的哥伦布只好在 1485 年他的妻子死后，心灰意冷地带着独生子移居西班牙。

经过 1 年努力之后的 1486 年，西班牙国王（1468—1516 任天主教西西里国王，1479—1516 任阿拉贡国王）斐迪南（1452—1516），以及王后（1474—1504 在位）伊莎贝拉一世（1451—

裴安二世　　　伊莎贝拉一世

1504），接见了哥伦布。王后对哥伦布"出海寻宝"的计划很感兴趣，于是给了他一小笔钱，让他住在王宫附近；但是，此时的西班牙正在和摩尔人打仗，无暇顾及哥伦布的"宏大计划"。

1492 年，西班牙打败了摩尔人。在哥伦布的又一番"巧舌如簧"之后，他 7 年的努力得到了些微的回报——斐迪南国王给了他 3 只小船。

1492 年 8 月 3 日，哥伦布率领的每只大约 25 米长的 3 只小船——最大的一艘"圣玛利亚"号排水量只有 100 多吨，连同 89 名（一说 87 名）"水手"（大多是刑事犯），从西班牙的巴罗士港出发，第一次踏上了向西"寻宝"的漫漫征程……

这里的问题是，哥伦布有什么把握去征服"黑暗的海洋"呢？

原来，哥伦布误以为大西洋有一股环形的气流，会把他的船队吹过去，又吹回来。真是"好风凭借力"，送我到"西天"，再送我回"东土"！

接下来的故事尽人皆知：巴哈马群岛、古巴和海地，一丝不挂的、不知道明天这块土地就会更换新主人的印第安人，"新大陆"，回国后享不尽的赞誉和奖赏……

印第安人这个名称，是哥伦布"错位 180°"的结果——他以为自己到了印度，那些土著居民就被冤枉地称呼为印第安人（印第安，是

印度的译音）。哥伦布发现新大陆
的 1492 年 10 月 12 日，也被西班
牙定为国庆日。

到 1504 年 11 月 7 日返回桑卢
卡尔，哥伦布总共间断完成了 4
次"发现新大陆"的航行。

最后，当贫困潦倒的哥伦布
于 1506 年 5 月 30 日死在西班牙的

哥伦布在他"发现"并命名的西班牙岛
（今海地和多米尼加共和国）登陆

巴利亚多利德的时候，却没有几个人来给他送葬。原因是，他的主要
支持者伊莎贝拉王后早于他两年已经辞世。更重要的是，他在 1493 年
9 月 25 日和 1498 年 5 月 30 日分别开始的第二和第三次出航归来之后，
就已经失宠——他在"新大陆"没有找到西班牙人希望的大量黄金和
香料……

可怜的是，哥伦布至死都认为他到达了亚洲。

不久，追随哥伦布的意大利航海家阿
美利哥·维斯韦奇（Amerigo Vespucci,
1454—1512），在 1499—1502 年间也两次到
了美洲，并发现它不是亚洲，于是"新大
陆"才有了当今的名字——"阿美利加"
（America）。一位法国人发现了阿美利哥·
维斯韦奇的游记和给朋友的信中谈到它不
是亚洲之后，就用这位航海家的名字为
"新大陆"命了名。

阿美利哥·维斯韦奇

虽然用阿美利哥·维斯韦奇的名字命名了"阿美利加"，但他的大
名今天却鲜有人知；虽然哥伦布在这个洲的名字上杳无踪影，但当今
人们却认定它是哥伦布发现的。"历史，以时间之石构筑着公正与尊
严。"这就是哲理。

当西班牙人发现哥伦布的不凡之处，想用"哥伦比亚"（Columbia）来代替"阿美利加"的时候，已经以讹传讹而来不及了。这应了英国诗人罗伯特·布朗宁（1812—1889）的话："良机只有一次，一旦错失，就再也得不到了。"这就是哲理。

想向西找中国的哥伦布在 4 次远航之后，虽然没有如愿以偿，但却找到了"新大陆"。

哥伦布"东辕西辙"的目的是圆黄金美梦，但最终却落得空手而归，从而在其后的一段时间里默默无闻。但最终，他却因"发现新大陆"，千古留名。

向西"寻宝"的人不止哥伦布一个，但大多葬身鱼腹；哥伦布却凭借超凡的航海经验和技术，多次逢凶化吉、遇难呈祥，到达

为了庆祝哥伦布到达美洲 400 周年，首届国际数学家大会于 1893 年在芝加哥举办的世界哥伦布博览会上召开，并发行了第一枚纪念邮票

"彼岸"。"知识就是力量"，在这里被很好地体现。

向西"寻宝"的人不止哥伦布一个，但其中的一些人却知难而退；而哥伦布却说："不管风力多么强劲，我都要继续向前。""生活就像海洋，只有意志坚强的人才能到达彼岸。"（马克思）这就是哲理。

当哥伦布的随从们在航行了两个多月，依然面对苍茫无际的大海，每天都失望地问他何时到达的时候，他总是一次次地回答："明天。"

有人说他是"有史以来最会把希望推给明天的人"。这真所谓是"心若在，梦就在"。

2005 年 7 月 11 日，是明成祖为了"宣德化，怀远邻"的美好理想，派遣郑和（1371—1433）"下西洋"600 周年的纪念日。我们今天还在聊哥伦布，似乎有点"陈词滥调"。当我们面对复杂严峻的国际环境的时候，忽然想起了中国近代大学者梁启超（1873—1929）的

郑和——直挂云帆济沧海

问题："哥伦布之后有无量之哥伦布，达·伽马之后有无量之达·伽马，为何郑和之后无第二之郑和呢?"这里提到的达·伽马（约1460—1524），全名瓦斯科·达·伽马，是葡萄牙航海家，曾于1497、1502、1524 年从里斯本出发绕过好望角到达印度。

这个问题，更需要今天的我们认真面海作答……

浪费几小时与迟到 1 小时
——一个大陆和电话专利

"发现了！发现了！发现'新大陆'了！"

18 世纪末，澳大利亚这块"新大陆"被发现了。振奋人心的消息——不亚于当年哥伦布发现"美洲新大陆"，很快被探险家们带了回来，传遍欧罗巴。

为了抢先占领这块宝地，在 1802 年，英国和法国几乎同时各派出一支船队，昼夜不停地向万里之外的新大陆进发。英国船队由弗林斯达船长带领，法国船队则由阿梅兰船长领军——他们都是长期叱咤"海上风云"、经验异常丰富的航海家。双方都知道对方也派出了占领船队，因此都分秒必争地奋勇向前。

当时，法国方面的船只和航海技术较为先进，于是阿梅兰率领的三桅快船捷足先登——第一个到达了今天澳大利亚的维多利亚港，并将它命名为"拿破仑领地"。

向东，向东，分秒必争，风雨兼程……

正在激动异常的法国人准备插旗扎寨的时候，突然有了"意外之喜"——发现了这里特有的一种珍奇蝴蝶。于是，兴高采烈的法国人全体总动员，一齐去捉拿这"珍稀动物"。

巧合的是，就在法国人深入大陆腹地猛追蝴蝶的同时，英国人也接踵而至。当法国船队映入他们眼帘的时候，船员们都知道有了"先行人"，心情无比沮丧。

"既来之，则安之。"——弗林斯达依然命令部属登岸，准备显示翩翩绅士风度——向法国人祝贺道喜。谁知到了岸上，既看不到法国人的影踪，也看不到任何占领标志。于是，得到"意外之喜"的英格兰人立即紧急行动起来，把"大英帝国"的各种标识插得漫山遍野。

几个小时以后，当法国人带着漂亮的蝴蝶标本回来时，他们却吃惊地发现，此时已是"朱颜改"——刚才的"拿破仑领地"已经不复存在。

接下来的一幕是，英国人严阵以待，俨然以胜利者的姿态向他们介绍"维多利亚"的领地归属……

为一只蝴蝶失去了一个大陆。澳大利亚就这样在几小时内完成了由法属殖民地向英联邦体系的过渡。留给浪漫的法兰西人的，只能是一些可怜的蝴蝶标本和无尽的沮丧……

法国人的失败，在于"见异思迁"。明明"大功告成"，却把自己占领大陆的主要目标，让位于微不足道的"蝇头小利"——捕捉蝴蝶。

道教的始祖、春秋末期楚国的哲学家老子（约公元前571—前471）在《道德经》中说："慎始如终，无败事。"意思是说，自始至终都认真谨慎地做一件事，就不会失败。看来，浪漫的法兰西人没有这样做。

这个"时间就是领地"的故事，宣示了一个哲理：见异思迁，可能会使本已到手的胜利瞬间易主。

这个哲理，可以在科学发明发现中找到众多的例证。

在我们的物理教科书中，赫然写着英国物理学家法拉第（1791—1867）的大名。他的伟大功绩之一，就是在1831年8月29日发现了电磁感应现象。

熟悉物理学发展史的人都知道，在法拉第之前，还有一位发现电磁感应的"先行者"——美国物理学家约瑟夫·亨利。他在1830年6

月的一次实验中，就早于法拉第一年多发现了电磁感应现象。他在一个报告中写道："于是可以说，我们有了电转化为磁，而这里磁又转化为电。"

遗憾的是，当时亨利在纽约阿贝尼学院任教，必须把全部精力用于教学和行政工作，以致在长达一个多月的暑假中没有继续深入研究电磁感应现象和发表论文。于是，本已到手的胜利，随着亨利的目标转移而拱手让给了法拉第。

1832 年 6 月，当亨利从一本杂志看到有关介绍法拉第已证明磁能生电的文章时，立即取出以前的仪器再做实验。在"梅开二度"之后的 1832 年 7 月，在《美国科学》上发表了类似的论文。由于法拉第的成果公布在先，所以"先行者"亨利成了"后来人"。

不过，亨利还不是"动作最慢"的人——有人大约早于他 10 年，就发现了电磁感应现象的征兆。这个人就是大名鼎鼎的法国物理学家安培（1775—1836）！

1821 年 7 月和 1822 年夏末，安培和他的年轻助手德莱里弗（1801—1873）一起做实验时，就看到实验装置上的铜环因产生感应电流而偏转的现象。遗憾的是，他们却没能乘胜追击，直捣电磁感应现象的"黄龙府"。

就这样，这位被英国物理学家麦克斯韦（1831—1879）称赞为"电学中的牛顿"的法兰西人，也把电磁感应现象的发现权，拱手让给了英格兰人。

类似的"唾手可得"的胜利却瞬间易主的事例在科学发明发现中还有很多。

贝尔和他的助手沃特森发明电话以后，在 1876 年 2 月申请了专利，并最终在当年 3 月 6 日得到批准。

贝尔获得专利具有戏剧性和"运气"。当时有一位名叫以利沙·格雷（1835—1901）的人，也申请了与贝尔电话机类似的装置的专利，并且与贝尔在同一天到达专利局申请，但却比贝尔晚到了一个多小时。

这让贝尔闻名于世，而他却鲜为人知。

格雷也是一位美国发明家。除了与贝尔几乎同时各自独立发明电话机，还在约1896年和英国发明家考珀各自独立发明了无线电传真电报打字机的雏形。

看来，科技也要"只争朝夕"。

懂得"只争朝夕"的科学家，才能及时到达胜利的彼岸。美籍华人物理学家丁肇中（1936— ），就是其中的一个。

丁肇中在与同行竞赛20年后的1976年，才发现 J 粒子。其中在1965—1969年，他经常废寝忘食地不眠不休地长时间埋头实验，直到累病住院。在得到重要成果的前10年，每天在实验室超过14小时，但最后还是免不了被同行抢先发表成果。

丁肇中　　　　里希特

几乎同时独立研究成功，但"抢先发表成果"的，是在斯坦福直线加速器中心实验室的美国物理学家里希特（1931— 2018)领导的实验小组。于是，他和丁肇中平分了1976年诺贝尔物理学奖。

"罪犯"="珍珠"
——漫漫沙尘另一面

　　沙尘暴，是进入21世纪以来让人"谈沙色变"的字眼。2000年元旦佳节7点，铺天盖地的黄沙就把北京的天空染得橙红；3月8日到4月4日期间，来自内蒙古阿拉善地区的沙尘暴5次袭击北京，共造成3人死亡。2002年3月20日北京的沙尘暴，就有3万吨降尘——给每个北京人平均馈赠3千克尘土。

....

　　由于土壤的沙漠化越来越厉害，所以有人预言，如果找不到有效抑制沙漠向北京推进的办法，首都将会被沙漠掩盖，成为第二个楼兰——中国古代消失了的文明。

　　沙尘暴并不是中国的"土特产"。森林的砍伐、采矿、过度放牧和河流改道，使全球沙尘暴灾害愈演愈烈，以至亚洲和非洲的沙尘飘向了美洲。

"'沙'向人间都是怨"
——蒙面下车站稳……

　　沙尘暴所到之处，真是"无恶不作"！

　　既然如此，我们就应该全力以赴——消灭沙尘暴。

　　遗憾的是，沙尘暴是难以被赶尽杀绝的，因为它形成的两个条件

——沙源和风是难以消灭的。这又是为什么呢？

为什么难以消灭沙源呢？因为我们有可能用高额的费用变一两个沙漠为"绿洲"，但却没有高额的资金来维持。一旦停止向沙漠供水，它就会杀"回马枪"，"绿洲"就会荡然无存。

为什么不可能消灭风呢？因为风是地球大气环流引起的，始终存在的。就是它，把滚滚的黄沙带到地球的"每一个角落"。

那大气环流为什么始终存在呢？在太阳的照射下，由于高纬度地区比低纬度地区受热少，所以必然产生温差，这就是大气环流始终存在的基本原因。

既然如此，我们就只有尽量减少沙尘暴的发生和危害。于是，全面认识沙尘暴的课题，就摆在了我们的面前。

事实上，沙尘暴并不是"十恶不赦"的罪犯。它也有功劳呢！

沙尘暴的第一个功劳是能减少酸雨。

我们知道，酸雨污染湖泊和土壤，影响农业，加速对石质和金属等物质的侵蚀作用。人类大量烧煤后，排出了二氧化硫和氮氧化物。二氧化硫氧化之后，形成三氧化硫，三氧化硫和雨滴结合后就生成硫酸。这样，原本无酸的雨就成了含硫酸的酸雨了。当然，氮氧化物经过类似的过程，也会形成含硝酸的酸雨。

沙尘中含有丰富的碱性物质。正是这些碱性物质，把酸雨中和了，所以，沙尘暴能减少酸雨。

据说沙尘暴中的化学元素超过38种，所以它的第二个功劳是，滋养了热带雨林和海洋生物。

澳大利亚的沙尘暴，乘着南半球的西风"漂洋过海"，到了新西兰的火山岛。这些沙粒使当地的土壤更加

美国内华达州的沙山

肥沃，因此有人把来自澳大利亚的沙尘叫作"澳大利亚出口的珍珠"。

夏威夷群岛则免费收到了来自中国"无偿援助"的"奇珍异

宝"——富含铁和磷的沙粒，成为海洋生物的营养品。太平洋西北部更是由于靠近我国而"近水楼台先得月"——沙尘暴让这里成为海洋生物的天堂。

沙尘暴的第三个功劳是，有利于降雨。

我们知道，只有云中空气托不住的大水滴才会降下来，形成雨滴。这就是说，云中的小水滴必须在"凝结核"上逐渐增大，才会降雨。那么，天上哪里有那么多的凝结核呢？沙尘暴在"飞天"的过程中，大的沙粒因地球母亲的重力召唤，只好回到妈妈的"怀抱"了，只有细沙才能继续在空中飘浮，这些细沙就充当了凝结核的角色，给当地带来雨水。

沙尘暴的第四个功劳是，它的"阳伞效应"减弱了全球气候变暖。

我们知道，火山爆发时的火山灰尘可以在空中飘上好几年。火山灰可以反射太阳光，从而给地面撑起一把太阳伞。这种太阳伞效应使大气降温，从而在一定程度上抑制了温室效应，减弱了全球气候变暖的程度。

虽然沙尘暴和火山爆发不同，但同样形成了太阳伞效应，减弱了全球气候变暖。

最后，沙尘暴的"历史功劳"也不可磨灭。

沙尘暴造就了中华民族的发祥地之一——42万平方千米的黄土高原。这里的黄土结构松软，易于耕种，农业容易发展。今天的黄土高原仍有我国耕地的1/5，养育着1/5以上的人口。

我们为"罪犯"沙尘暴的"庆功摆好"，揭示了一个朴素而有时被忽略的哲理：事物都有多面性。

事实上，只要我们充分认识自然，合理改造自然，巧妙利用自然，就可以趋利避害，为我所用，甚至沙漠也能成为摇钱树。下面就是一个实例。

甘肃敦煌的沙漠中的鸣沙山和月牙泉，是著名的旅游点。它是沙漠挺进形成的自然景观。由此看来，虽然沙漠化不是好事，但是如果已经形成了沙漠，何不"靠沙吃沙"呢！

此外，在植树造林治理沙尘暴方面，人类也有不错的业绩。北京人担心的"春季沙尘暴"，在 2005 年春却没有"如约而至"。这是由于新造的沙漠植被，已经把内蒙古浑善达克地区的沙粒"软禁"。"直线"距北京 180 千米的浑善达克，有面积为 7.1 万平方千米的沙漠。由于它海拔高出北京 1 100 米，所以"居高临下"地撒播了"北京沙尘"的 80% 沙粒。

"魔鬼"也是"天使"
——温室效应也是"双刃剑"

"如果地球温度再上升 4 ℃，世界上所有的冰山都会融化。"世界自然基金会的专家在 2003 年 11 月 27 日说，"许多岛屿将被淹没，淡水将更加匮乏。"

是的，到 2100 年，意大利著名的水城威尼斯将不能居住。这不是危言耸听，而是在 2003 年 9 月在英国剑桥举行的一次为期 4 天的大型国际会议上世界各国科学家发出的警告。这次有 100 多位科学家参加的会议是由威尼斯的一个慈善机构——"危机中的威尼斯基金会"组织的。

上演这出大型的"地球升温"，致使"水淹七军"戏的主角是谁呢？

是"温室效应"（greenhouse effect）—— 一把悬在人类头上的达摩克利斯剑。

近年来，随着人类环保意识的不断增强，温室效应越来越成为人们的热门话题，也是当今世界亮相最频繁的环境问题之一。

无论是芸芸众生，还是新闻媒体和专业刊物，对于温室效应却多有误解。一些人甚至把它看成是"杀人魔鬼"——以致要对它"斩草除根"而后快。

温室效应"杀人"的第一招，是引起全球气候变暖。

气候变暖的弊端之一是冰川消融，海面升高——就像故事开头所说的那样。

据预测，到了 2035 年，海平面将上升 1 米，使沿海各国的海岸向内陆方向推进 30 米。此时，大西洋和墨西哥湾沿岸的美国佛罗里达州和路易斯安那州的大部分地区以及马尔代夫和汤加等海拔较低的海岛国家将遭灭顶之灾。随着海平面的上升，低盐度的海湾将被苦涩的海水逐步侵蚀，咸水还将渗入地下蓄水层，污染饮用水。

昔日的大岛，在海平面上升后成了小屿

海平面上升对中国沿海造成风暴潮加剧、洪涝威胁加大、增加排污困难和港口功能减弱等不利影响。此外，还出现盐水入侵、土壤盐渍化和海岸带侵蚀加重等问题。

事实上，在 2000 年 6 月，由 9 个环形岛组成、陆地面积仅 26 平方千米、人口仅一万多的太平洋岛国图瓦卢，已经呼吁新西兰接纳它的 3 000 个居民定居。它和在太平洋中的基里巴斯等国的小岛，包括曾经作为明显标志给渔民导航的小岛塔拉瓦，已经被海水吞噬。图瓦卢的总理说，海平面上升，已经使一些小珊瑚岛群变得无法居住，大约有 1/3 的居民需要移居新西兰。

气候变暖的弊端之二是夏季酷热。

1988 年，遍及美国中西部和新英格兰等地的高温纪录，一次又一次被打破。俄亥俄州的"热空气罩子"，紧紧捂在克利夫兰和哥伦布等城市上空，使有害人体健康的气体严重聚积，环境保护部门发布了臭氧警报；美国卫生部门规劝大家尽量留在室内，减少体力活动。尽管如此，酷热仍然夺去了许多人的生命。

2018 年夏天，滚滚热浪袭遍五湖四海。世界许多地方最高温超过 40 ℃，不少地方达到了历史上的最高温。全世界人民生活在"水深火热"之中……

气候变暖的弊端之三是某些地区干旱加剧。

高温使降雨量进一步减少，这会给干旱和半干旱的地区带来毁灭性的打击——20世纪80年代初非洲的饥荒就是典型的例子。

....

气候变暖的弊端之四，是严重影响传统农业——包括农作物的生长周期、种植的品种等都会改变。

气候变暖的弊端之五，是出现极端天气。例如，2008年春节前后肆虐全世界（包括中国19个省区市）的风雨冰雪重大严寒灾害，就是全球气候变暖的一种极端气象表现。

不过，正如一把锋利的双刃剑一样。温室效应并非有百害而无一利。让我们举例来看这个"利"在哪些方面显现"善良天使"带来的利益。

首先，温室效应使气候变暖，也是"塞翁失马，焉知非福"。

新的研究表明，CO_2是一种碳肥——某些植物在CO_2浓度较高的状况下，生长得更好，而CO_2的浓度会因为气温增高而增大。这样的结果使热带和温带向高纬度迁移，把北方的森林推进到现在的冻土带。这样，世界将"更加郁郁葱葱"。由于美国处在北半球，综合考虑适应措施和CO_2的碳肥效应之后，它将从气候变暖中获益，所以美国企业界极力阻止总统在限制温室气体（其中包括CO_2）的国际公约（例如《京都协议》即《京都议定书》）上签字。

大气中CO_2浓度升高使雨量增加，作物的生长期延长，因此农业产量也将随之增长。加拿大小麦种植地带的作物生长期就从110天延长至160天。加拿大农业气候专家罗伯特·斯图尔特说："从任何意义上讲，气候变暖对加拿大决不意味着厄运与忧愁！"

气候变暖也将使芬兰、日本和俄罗斯等国得到益处。日本北方的水稻种植面积将比目前增加一倍。俄罗斯中部地区冬小麦的收成将增加30%，北部地区将增产10%。

冰岛也是气候变暖的受益者。1951—1980年，由于气温升高（和降雨量增加），冰岛的种植季节提前了48天，收获的干草增加了60%，牧场的产品增加了49%～52%。

其次，温室效应是地球上众多生命的"保护神"，是地球上生命赖以生存的必要条件。这是为什么呢？原来，如果地球表面像一面镜子，直接反射太阳的短波辐射，这些能量将穿过大气层回到宇宙空间。此时，地球的平均气温将下降33 ℃，一个寒冷寂寞的荒凉世界就呈现在我们面前。幸好，有了温室效应，才使气温相对稳定，使生命的世界繁衍生息，兴旺发达。

....

由此可见，与其说温室效应是"恶魔"，还不如说它是"温室警钟"——提醒我们在发展的同时，一定要注意保护环境。我们只要开发新能源，设法减少燃料的使用量，广泛植树造林，禁止乱砍滥伐，就能减缓温室效应的加剧。

苏格拉底的"甩臂考题"

——达·芬奇和贝尔纳的遗憾

"今天，我们一起做一道最简单的'考试题'。就是把你们的手臂尽量往前甩，再尽量往后甩。"古希腊大哲学家苏格拉底（公元前469—前399）一面示范，一面对他的弟子们说，"从现在开始，每人每天甩臂300下，大家能做到吗？"

苏格拉底

"太可笑了，这么简单的事，还有人做不到吗？"弟子们暗自忖思——当然不好公开嘲笑老师。"能！"大家齐刷刷地高声回答。

一个月以后，苏格拉底要看"小考答案"了："每天甩臂300下，哪些同学坚持了？"有90%的人骄傲地举起了手。

两个月以后，苏格拉底再看"中考答案"："哪些同学还在坚持？"这次，只有80%的人举了手。

春去冬来又一年。苏格拉底要看"大考答案"了："哪些同学还在坚持甩臂？"这个时候，举手的只有一个人——柏拉图（公元前427—前347）。后来，他也成了古希腊的大哲学家。

于是，在古希腊文明中，就有了

柏拉图

振聋发聩的三代大师——苏格拉底、柏拉图和柏拉图的弟子亚里士多德（公元前384—前322）。

看似简单的甩臂，却只有一个人坚持下来，而这个人"恰巧"就成了大师。这个故事告诉了我们一个简单的哲理：成功在于坚持，坚持是最容易做到的事——只要你愿意；坚持是最难做到的事——要是你没有坚持的意识或者毅力。毅力来自于忍耐——"忍耐是痛苦的，但它的果实是香甜的。"法国哲学家卢梭（1712—1778）这么告诫我们。

亚里士多德

光有坚持或者说勤奋显然是不够的，许多人认为天分更加重要。然而，当有人说美籍华人丁肇中（1936— ）——1976年诺贝尔物理学奖的两位得主之一——成功的原因是因为他是天才的时候，他马上回答："不，是专注。"

是的，坚持、勤奋和专注，才是成功的主要因素，于是有了爱迪生著名的公式："天才 = 99% 的汗水 + 1% 的灵感。"这和做到了坚持才走向成功的柏拉图揭示的又一个哲理不谋而合："耐心是一切聪明才智的基础。"

在科学史上，却有许多"天才"因为没有坚持和专注而抱憾终身——如大名鼎鼎的达·芬奇和贝尔纳。

作为意大利文艺复兴时期著名的艺术"三杰"之一的画家达·芬奇（1452—1519），被大家公认为历史上最全面的天才之一。"三杰"中另外两位

达·芬奇

是米开朗琪罗（1475—1564）和拉菲尔（1483—1520）。但是，作为科学家的达·芬奇，却没有给我们留下任何一项值得夸耀的重大科技成

果。原因就在于他在一个构想还没有实现之前，就投入另一个构想之中，直到生命的终结。于是，今人只能看到他那令人眼花缭乱的各种科技图纸，以及仍在微笑的"蒙娜丽莎"……

英国物理学家、科学史家约翰·德斯蒙德·贝尔纳（1901—1971），是"科学学的创始人"。他与达·芬奇非常相似——都有极高的天赋，但都在对事物研究一番之后半途而废。

"几乎在每次吃饭的时候，贝尔纳都要滔滔不绝地讲出一堆足够一个人干一辈子的科研课题的清单。"贝尔纳的两位博士生与合作者艾伦·林赛·马凯（1926— ），以及在1980年出版《贤者：J. D. 贝尔纳的一生》（*Sage：A Life of J. D. Bernal*）一书的作者——莫里斯·戈德斯密斯（1933—2008），这样评价他。于是，贝尔纳成了"科学思想发动机"和"科学学的创始人"。

虽然贝尔纳也知道"科学学不是从天上掉下来的，必须通过研究现实生活，并花大力气去寻找"，但是，他并没完全实践他的这一精辟认识，和他的同事与学生预期的"按创造天赋来讲，贝尔纳应多次得到诺贝尔奖"无缘。

我们可能会质疑：贝尔纳有何能耐，"应多次得到诺贝尔奖"？

看了下面的"成绩单"，我们就不会质疑了：1937年，36岁的贝尔纳成为英国皇家学会会员；出任剑桥大学教授，该校分子生物学实验室主任；担任过"世界和平委员会主席"和"世界科学工作者联合会"的领导成员；是国际公认的杰出思想家和社会活动家；在晶体学和生物化学领域享有盛名，对金属结构、激素、维生素、蛋白质、病毒等做出了卓越的学术贡献；1939年出版的《科学的社会功能》一书，是科学学发展史上的一个重要里程碑。1964年，包括1948年诺贝尔物理学奖的唯一得主——英国物理学家布莱克特（1897—1974）、1950年诺贝尔物理学奖的唯一得主——英国物理学家鲍威尔（1903—1969）、1952年诺贝尔化学奖的两位得主之一——英国化学家辛格（1914—1994）、以研究和出版《中国科学技术史》而闻名的英国生化学家与科学技术史专家李约瑟（1900—1995）等等16位世界著名科学家，撰写了权威论文集《科学的科学——技术时代的社会》，以纪念贝尔纳的科学学奠基性巨著《科学的社会功能》一书发表25周年；以他的名字命名的"约翰·德斯蒙德·贝尔纳奖"（John Desmond Bernal Prize），从1981年起每年颁发给在科学和技术研究领域做出了杰出贡献的一人……

贝尔纳

然而，贝尔纳几乎成了"笑柄"的代名词——他的"在一个构想还没有实现之前，就投入另一个构想之中"，和"兴趣过于广泛、思维过于发散，对精细、深入的创造是非常不利的"，以及"全世界有许多原始思想应归功于他的论文，都在别人的名下出版问世……他一直由于缺乏'面壁十年'的恒心而蒙受了损失"，被称为"贝尔纳效应"！

"人类所有的力量，只是耐心加上时间的总和。"法国作家巴尔扎克（1799—1850）精彩地总结说。

"一个人倘若一生只追求一样东西，那他就有希望在寿终之前得到它。"英国诗人欧·梅雷迪思在《鲁西尔》一书中深刻地总结说，"但是，倘若每到一处什么都想追求，那他只能从遍播希望种子的土地上收获遗憾。"

贝尔纳效应启迪我们，在当今各个科技、文艺、哲学都进入"高精尖"的时代，我们更应"断其一指"，不要"伤其九指"，否则将一事无成。

…………

我们用下面的诗句来粗略概括我们这个故事中的哲理：

"于是，我们看到，

事业常成于坚忍，毁于急躁。

我们在沙漠中经常看见，

匆忙的旅人落在从容的后边；

急驰的骏马落在后头，

缓步的骆驼继续向前。"

它出自中国著名女作家陈学昭（1906—1991）的小说《工作着是美丽的》。

"人间若有天堂，大马士革必在其中；天堂若在天空，大马士革必与之齐名。"在这个故事的最后，我们把这句阿拉伯古代典籍中对一座城的形容，化写为对达·芬奇与贝尔纳的描绘：人间若有天才，达·芬奇必在其中；达·芬奇遗憾无尽，贝尔纳必与之齐名！

科技发展的怪圈
——人类坐上"过山车"

"每年11月，美国东北部的居民都会目睹一幅昏暗阴冷的景象。"2007年11月16日，美国"趣味科学"网站在《秋色为何姗姗来迟》一文中写道，"但是，秋天的代表红、橙、黄今年却姗姗来迟。"为什么这里和世界好多地方——例如欧洲的部分地区"天凉不见秋"呢？

人类为了满足自己提高生活质量的物质需要，"征服大自然"的努力从来就没有停止过。随着科技的高度发展，随着炸药的怒吼和挖掘机的轰鸣……森林倒下了，农田也不复存在……毁林开荒、穷猎竭渔、围湖造田、拓矿建都……的结果，一个个怪圈出现了。

"生态怪圈"有多种表现。全世界每年排放的 CO_2，从100多年前的0.96亿吨，增加到现在的300亿吨。这引起的温室效应，使全球气候变暖。前面所说"天凉不见秋"的现象，"罪魁祸首"就是浓度剧

被工厂废水污染的河流

增的 CO_2。近百年来，全世界2/3的森林已经化为乌有。各种有毒的污水不舍昼夜，进入"母亲"体内，最后奔向遥远的大海；苦不堪言的"母亲"和"蓝色大海"怀抱中的生物，经常死于"儿子"的毒害

……这些现象，大大影响着人类的生活质量。

"科技怪圈"主要表现在科学家们以"九天揽月""五洋捉鳖"的豪迈气概"征服自然"之后，以为现代科技"无所不能""科技发展已到尽头"之时，却往往无力解决许多看似简单的问题。一些认为"可能"的问题，实际上"不可能"；一些认为"不可能"的问题，实际上"可能"。这些现象，也大大影响着人类的生活质量。

此外，科技的高度发展或生活水平的提高，还引出"伦理怪圈"（例如试管婴儿、克隆人）、"肥胖怪圈"（食品丰富使人肥胖而使生活质量下降）、"增长怪圈"（例如高 GDP 导致可持续发展"打折"）、"消费怪圈"（例如"高消费"导致资源浪费）、"智力怪圈"（例如依赖计算器使智力下降）、"人口怪圈"和"食品安全怪圈"……

我们简单说说后面两个怪圈。

2005 年 4 月 7 日世界卫生组织发表的《世界卫生报告》表明，日本人的平均寿命已经达到 82 岁，居世界第一。这就是人口怪圈——生活水平提高带来的老龄化使人口总数"膨胀"，并使生活质量下降。

食品安全怪圈的典型例子是：人类被毒物"包围"，而这些毒物的来源是在食品中加入的有毒的"高科技"物质——这些物质因为"高科技"而诞生。世界自然保护基金会在 2004 年的一份调查表明，欧洲人体内至少查出了 76 种有毒化学物质，而这些物质在许多消费品中都能找到。

总之，在科技高度发展实现生活水平提高之后，我们却看到了生活质量的下降。这就是"科技发展的怪圈"。

遮天蔽日的沙尘暴，沙漠化了的草原，石漠化了的山丘，森林越来越小的森林"肺叶"，干涸的湖泊和湿地，断流的大江大河，汹涌澎湃的洪水，又臭又脏的河水，滚滚而下的泥石流，"呼吸"困难的城市，耕地越来越小的农村……

铁的发现曾经给人类带来铧犁，但也给人类带来了刀剑；同样，原子弹加速了第二次世界大战的结束，但后来却给人类带来核战争的恐怖。丘吉尔就怀着复杂的心情这样评价过斯大林："当他接过俄国时，俄国只有铧犁，当他撒手人寰时，已经有了核武器。"

这一幅幅图像，在我们心中已经不再陌生。

何时才能再"让鲜花开遍田野，让沙漠盖上绿荫"？

享受高科技和丰裕物质的人们，请回答！

更可悲的是，没有任何人能回答。因为为了发展就以牺牲自然为代价——许多人都清楚问题所在，但都难有作为。

河水干涸后的"泥鱼鳞"

"才下眉头，却上心头。"为了发展，却要破坏；为了提高生活质量的努力，反而降低了生活质量。人类就这样坐在"过山车"上无限循环着，书写和领略着具有讽刺意味的哲理！

其实，这种发展的怪圈并不仅见于科技领域——古代帝王的"发展悖论"是一例。这些帝王要么顺应"家天下"的皇位继承制，独掌天下但每时每刻就要面临致命的危机；要么就放弃皇位继承制，来个"皇帝轮流做"，以摆脱这种危机。但要帝王放弃"家天下"的命根子——世袭制，显然是缘木求鱼，于是就只能永无休止地吞咽争权夺利、衰败灭亡的苦果。这样，就有了康熙皇帝的感叹："休说前王与后王，莫论兴邦和丧邦……自古英雄轮流丧！分明是荣华花间露，富贵草上霜……"

目前，中国经济发展和生态文明的现实是："成就骄人，举世瞩目；形势严峻，令人忧虑；生态赤字，触目惊心；偿还欠债，刻不容缓。"我们必须在"难有作为"中知难而进而有所作为。在这方面，冰岛的成功是一面镜子——冰岛的环境一度遭到严重破坏，但在坚持不懈的努力之后，终于转变了局面。

《诗》曰："凤凰鸣矣，于彼高岗；梧桐生矣，于彼朝阳。"我们有理由相信，随着越来越多的人意识到发展和生态的辩证关系并切实着手解决环境问题之后，人类的"生态欠债"问题将逐步得到解决，中华民族的复兴和世界的繁荣就为期不远了！

"泰坦尼克"号也有功
——大悲剧引出大成果

"呜——"

一阵高昂的汽笛长鸣在英国南安普顿港上空回响，这是 1912 年 4 月 11 日中午 12 点。使人赞叹和惊讶的"泰坦尼克"号，告别几千熙熙攘攘欢送的人群，开始了它的处女航。

于是，人们看到一个庞然大物 ——当时世界上最大的活动物体之 一"泰坦尼克"，在海上游弋。

"泰坦尼克"有多大呢？它使 人赞叹和惊讶的钢铁躯体长 367 米，本身有 24 900 吨，排水量46 000 吨。它是当时最大、最豪华、最先

海上巨人"泰坦尼克"号

进和最安全的客轮，因此被称为"梦之船"，是科技力量的象征，代表着繁荣、奢华和进步。

"梦之船"在法国切尔泊格小停。随后，它在爱尔兰女皇城作了最后的停留后开足马力，劈波斩浪，骄傲地带着 885 名船员和 1 343 名乘客共 2 228 人，横渡大西洋，驶向目的地纽约。

一路上，"泰坦尼克"不断接到冰山警报，但船长史密斯不屑一顾。他"稳坐钓鱼台"的态度似乎不无道理：它有 16 个各自独立密封的船舱，即使 4 个舱被冰山撞坏进水，其余的舱也会安然无恙——人

类对自己的得意之作充满自信。

可是，不幸的事终于还是来了。1912 年 4 月 14 日一个无月的夜晚 11 点 40 分，它与一座长达 120 千米的冰山相撞。船长终于意识到问题的严重性，命令话务员菲利普发出"SOS"的紧急求援信号。接着，在 4 月 15 日凌晨 2 点 30 分，"泰坦尼克"号巨大而美丽的身躯一裂为二，约 76 米长的船尾部分先是浮在水面上，然后在船体前部的牵引下，竖了起来与海面成直角沉入水中。

最早收到"SOS"信号并做出回答的是一艘德国船，但远在"梦之船"西南 136 海里（1 海里约 1 853 米）处，"远水救不了近火"。拍发过冰情警报的"加利福尼亚人"号，这时就停泊在距"梦之船"约 10 海里处，连船上的灯光都隐约可见，但报务员擅离职守，已进入梦乡，没有收到"梦之船"的"SOS"。最后收到"SOS"的是"奥林匹亚"号，但来不及赶到。

只有从纽约开来的"卡帕夏"号赶来了，它距"梦之船"58 海里。它开足马力，经过 4 个多小时的冲刺，终于赶到沉船处，最终使 705 人得救，而其余 1 500 多人则与"最安全"的船一起葬身海底——离美国波士顿正东 1 600 千米、离加拿大纽芬兰岛东南 100 千米的海底。

这就是著名的"泰坦尼克"号的悲剧故事。

这个悲剧故事给后人带来遗憾的同时，也给一些人带来了欢乐——有关它的商业运作一直没有停止过，让有的人钱袋鼓鼓。

到 1998 年年底就已经获得 32 亿美元巨额纯利润的巨片——《泰坦尼克号》的好莱坞导演詹姆斯·卡梅隆就不无得意地说："'泰坦尼克'号已经沉没，而《泰坦尼克号》却不会沉没。"

又如，现存唯一完整的"泰坦尼克"登船票被卖到 10 万美元的天价。它是由当时年方 18 岁的安娜·舍布卢姆保存下来的。她将登船票别在她的夹克外衣内，在沉船时，她随其他乘客上了救生艇而幸存下来。1975 年她在西雅图去世后，1998 年她的妹妹伊芙娜在整理她的遗物时，无意中从照片背后发现了这张三等舱船票。后来的购买者是一位叫特雷纳的收藏家。

撞沉"梦之船"的冰山可能是来自格陵兰岛的大陆冰川（另一类是高山冰川）。船被这座漂浮在大西洋上的冰山撞开近百米的大口子，使5个密封舱都进了水，当然注定会沉没。

那为什么冰会把比它更硬和更强的钢铁船体撞裂呢？这一直是一个谜。后来的研究表明，大冰山造成了船体的局部低温，使船底的焊接处产生"低温脆性"而断裂。这使人们反过来研究另一新的领域——金属的低温脆性，并由此创造了金属低温脆性切削法。低温脆性也是断裂力学研究的对象。

"泰坦尼克"号的悲剧，让科学家有了两项新的重大发明——低温脆性切削法和超声波声呐技术，避免了更多更大的悲剧，这是因祸得福和亡羊补牢的哲理。

钢铁会被冰撞裂的另一重要原因是"假冒伪劣"作祟——后来对沉船残骸的分析表明，船体螺栓是用劣质铁屑冶炼加工而成。

在人类企图用迅猛发展的科技成果实现主宰大自然的"野心"之时，面对"泰坦尼克"事件这面能审视自己劣根性的明镜是十分有益的。"神可以原谅人一千次。可是神一旦发怒，人就连一只蚂蚁都不如。"这里的神，就是大自然。恩格斯对此早就告诫过我们："我们连同我们的肉、血和头脑一起都是属于自然界，我们不要过分陶醉于对自然界的胜利，对于每次这样的胜利，大自然都报复了我们。"

"泰坦尼克"号事件代表一个无知和盲目乐观的时代的结束——18至19世纪科技的飞跃发展使人类产生了这种无知和盲目乐观。人类认为自己已经掌握自然的坚定信心和征服自然的勃勃雄心被碾得粉碎。人类终于再次开始正确认识自己——在滔天的洪水面前，在狂野的飓风面前……我们的确"连一只蚂蚁都不如"。

高科技也是双刃剑
——"纳米"有益也有害

"你可以得到一切保护，但鼻子和脸上却不会有白色的道道。"澳大利亚高级香粉技术公司负责产品开发的休·道金斯说。

原来，这家公司在2004年发明了"锌净霜"（Zinclear）——一种半透明的氧化锌防晒霜，所用的纳米颗粒和当前已知的最小的细菌一样大。

而某化妆品公司在他们生产的各种美容膏中，也使用纳米颗粒，从而使化妆品中的滋补成分能够深入皮肤。

美国某体育用品生产商，则利用纳米技术生产网球球体，使其生产的"双芯"牌网球的运动寿命延长了1倍。

…………

总之，人类头发直径的1/80000——1纳米，这个不起眼的"小不点"，近年一直是我们关注的"大明星"。

雨天挡风玻璃未涂（左半部分）和已涂（右半部分）DBM纳米水晶薄膜的效果对比

现在，在化妆品、纺织品、涂料、抗菌材料和体育用品等许多方面，都可以找到纳米材料或技术的踪迹。不少厂家和商家，也以"纳米"为卖点招徕顾客，其中不乏骗局——2007 年 3 月"翻船"的"纳米无油烟锅"（详见《知识就是力量》杂志 2007 年第 5 期），就是典型的实例。这些产品——尤其是直接与人体接触的产品，是否对人体有害呢？对其他生物体和环境是安全的吗？

"纳米颗粒安全吗？"其实，早在 2003 年，科学家们就开始对纳米技术公开诘问："纳米"是否正朝着一个可笑的、和我们"造福人类"相反的结局迈进？

那科学家们为什么要发出这样的诘问呢？原来，纳米颗粒的活动方式非常古怪和难以预料，因为在纳米层次上，量子物理学可以取代一切，而日常生活中的牛顿物理学则不再居于统治地位。"那样大小的颗粒可以随心所欲，想到哪里就到哪里，"2003 年春，"侵蚀、技术和集中行动小组"（Action Group on Erosion, Technology and Concentration，简称 ETC）执行总裁——加拿大科学和技术领域的专家帕特·

帕特·罗伊·穆尼

罗伊·穆尼（1947—　）说，"它们可以穿透整个免疫系统，穿透血脑屏障，进入骨髓。"

2004 年，英国皇家学会和英国皇家工程学院组成的调查小组的报告，也对纳米的安全性发出了预警："游离的纳米颗粒和纳米管可能会穿透细胞，产生毒性。"

英国王子查尔斯（1948—　）也对纳米技术"说三道四"。2004 年 7 月 11 日，他在英国《独立报》上发表文章，首先是欢迎人类发明和创造了纳米技术，这是人类创造力的成功，然后话锋一转——警告这一技术可能对人类带来危害。

查尔斯说这话，是不是已经有了某种关于纳米技术可能有害人类的证据呢？从他的文章来看并没有，只是一种担心。他拿 20 世纪 60 年代曾广泛使用的一种药物"反应停"来做类比。他说，以"反应停灾难"为例，除非进行适宜的管理和谨慎从事，否则纳米技术不造成相似的混乱才令人吃惊。言下之意是，正如当初并没有彻底弄清反应停的药理作用，就盲目地用于孕妇以制止早期妊娠反应一样，结果造成了数以万计的畸形儿诞生。如果在广泛使用纳米技术前，不进行谨慎的观察和论证，就有可能造成类似反应停一样的灾难。

"我们首先需要明确纳米的危害，这样我们就可以避免使它成为类似氟利昂或干洗剂之类的化学品了。"美国休斯敦的莱斯大学环境工程师梅森·汤姆森在 2004 年说。

由于大家对"纳米"的担心，美国国家环保局在 2005 年宣布，他们已经向 12 所大学拨款 400 万美元，用于开展纳米材料对环境和人体可能造成的危害研究。重点研究以下"五大安全问题"。

许多与皮肤直接接触的含有纳米材料的化妆品，会被皮肤吸收和使皮肤中毒吗？

纳米材料进入饮用水有什么后果？

纳米材料对操作者肺部组织有什么影响？以及在通风道中纳米颗粒对动物有什么影响？

已经变成海洋或者淡水水域沉淀物的纳米颗粒，对环境有什么影响？

在什么条件下，纳米颗粒可能被吸收或者污染环境？

那么，纳米技术及产品是否真的有害呢？只能"用事实说话"。

2004 年，NASA 的科学家邱文兰（Chiu–Wing Lam）做了这样一个实验：将碳纳米管喷到老鼠的肺里，结果他们在老鼠的肺部发现了许多肉芽肿和小结节中毒症状。在莱斯大学的研究人员发现，纳米巴基球可以黏合到诸如萘等污染物上，降低污染物的中和速度，并极大地拓展环境中污染物的传播范围。

台湾大学职业医学研究所郑尊仁教授和他指导的博士生，在 2005 年完成了用大鼠进行的纳米颗粒心肺毒性研究。结果发现，愈是细微的纳米颗粒占据的气管和肺部的表面积愈大，引起肺炎的可能性、氧化压力指标也显著增加。

…………

中国著名纳米科学专家白春礼（1953—　）院士直言不讳地说出了这样一个哲理："任何技术都是有两面性的，纳米技术也可能同样是把双刃剑。我们要做的是，在发展纳米技术的同时，同步开展其安全性研究，使纳米技术有可能成为人们第一个在其可能产生负效应之前，就已经经过认真研究，引起广泛重视，并最终能安全造福人类的新技术。"

从上面的分析和事实可以看出，纳米材料及产品对人体存在潜在的危害，不能不引起我们的关注！现在是否就成为"纳米消费者"，还值得考虑。

是的，科学洪流减轻了"旱情"，但泥沙俱下，甚至可能引起新的"旱情"。

有鉴于此，中国首批纳米材料标准——包括《纳米材料术语》等七项国家标准，已于 2005 年 4 月 1 日开始实施。

2005 年，国家标准委员会主任李中海点出了"纳米市场"出现的另一个值得注意的问题。他说，纳米材料在得到社会广泛关注和重视的同时，也出现了虚伪的炒作。一些商家玩弄"纳米技术戏法"，鱼目混珠的"纳米产品"一哄而上，让消费者真伪难辨。国家今后将逐步建立起纳米产品的市场准入和技术标准体系，以确保纳米产品市场的纯洁性和安全性。

高科技也有弊端
——电脑"杀手"害人身心

"汽车里，办公室里，学校和家庭中，玩具和手表里，电脑无处不在。在有的飞机上，飞行员不必亲自操纵，他们只是'飞行管理员'，监督电脑控制飞行和降落；有能'眼观六路'的机器人和能容纳整个国会图书馆的手提电脑。"

1980 年 12 月的美国《发现》（*Discover*）杂志这样写道。此前，电脑就已经进入寻常百姓之家。

美国作家约翰·里奥同时注意到，很大一部分美国人是"电脑恐惧症"和"技术厌恶症"患者。这些人害怕电脑"会干涉隐私，砸掉饭碗，使伴随电视成长起来的一代读写能力越来越差，甚至可能因为技术错误引发第三次世界大战"。

里奥的报告说，领导们尤其讨厌电脑，他们担心如果自己坐在键盘边，会有失身份，也许还会失去得力的助手。

出版商和记者害怕印刷品会退出历史舞台。"的确，报纸便于携带，你无法在胳膊底下夹着电脑赶火车，"里奥写道，"但现在不同了，一个只有掌中游戏机大小的完善的便携式电脑离我们不会太远。"

一些科学家说，使用电脑——特别是手提电脑，可能会使青年男子因此痛失做父亲的机会，因为即使让手提电脑在大腿上只待很短的时间，也会使阴囊的温度升高，导致精子数量大幅减少。

"睾丸之所以位于体外，是因为高温不利于其正常工作。"叶芬·

电脑也会伤身心

史恩金说。他是纽约州立大学斯托尼布鲁克分校的男性不育和显微外科中心主任、泌尿科医师。

在一项针对29名志愿者的研究中，史恩金和他的同事们发现，手提电脑刚在大腿上放了20分钟，阴囊内的温度就升高了近2°F（约等于升高1.11℃）。1个小时以后，温度上升了近6°F（约等于上升3.33℃）。任何超过2°F的温度变化都会使精子大量减少。

长期使用电脑时将电脑放在两腿之间还会引起终生的损伤。如果连续多年天天使用，"那么在两次使用之间就没有时间让睾丸功能恢复正常，"史恩金说，"结果往往是不可挽回的。"

专家们还发现，电脑对儿童的危害特别厉害。

美国家庭教育专家、教育心理学博士海莉女士，于2003年在伦敦召开的儿童教育研讨会上发出警告说，电脑对儿童的大脑发育具有阻碍作用。海莉还说，电脑不但不能帮助孩子增长知识，反而阻碍孩子大脑的健康发展，降低他们的注意力，牵制他们的语言表达能力，限制他们身体机能的发育。

当然，电脑对人类的身心伤害，并不仅仅限于儿童。电脑视力综合征（例如眼睛发痒和有灼烧感）、电脑腕管综合征（例如腕关节肿胀和手动作不灵）、电脑脊椎弯曲错位症（例如脊椎侧弯）、电脑狂暴综合征（例如动辄怒气冲天）和电脑失写症（例如不知道怎么用手写熟悉的字）等，在长期使用电脑的成人中，也不鲜见。

上面的研究表明，益处多多的电脑会给我们带来没有想到的身心伤害，这是"利弊往往共生"的哲理。

不过，电脑已经成为当今世界的不可或缺之物，已经和我们形影不离，因此人类就不能因噎废食。"每个人都会接纳电脑，"已经身为全国多家报纸专栏作家的里奥早就预料并写道，"因为我们别无选择。"

正确的做法是，设法避免或减弱它的危害。于是，史恩金和海莉各自开出了药方。"最好的建议就是不要把手提电脑放在大腿上。只要加以注意，这个问题是可以避免的。"史恩金建议说。

海莉开的药方是，家长要让孩子在成长过程中更多地和周围的人打交道，培养他们为人处事及处理各种具体事件的能力，严格控制孩子使用电脑的时间，不要让 7 岁以下儿童接触电脑。

我们为电脑的各种综合征开出的药方是，不要连续长期使用电脑，让身体的各个部位断续得到短暂休息。

丁渭如何造皇宫
——铺基、引水、填沟

这几天，一个大臣正愁眉不展——为皇帝要他限期建好皇宫的事。他知道，时间紧、工程量大、质量要求高。无论是工程质量出了问题，还是没有按期完工，都要被杀头。

"……暖风熏得游人醉，直把杭州作汴州。"我们的故事就发生在这大家熟悉的诗句中的汴州——北宋时期的首都汴京，即现在的开封，也叫汴梁，简称汴。

原来，皇帝（997—1022 在位）宋真宗赵恒（968—1022）在位的"大中祥符"年间（1008—1017）的 1015 年，皇宫曾经被大火毁于一旦。真宗皇帝急命大臣丁晋公——丁渭（谓）负责重建，限期完成。

这个工程非常庞大。大量的泥土要从城外取来做地基；大批的建材——其中有单件重量很大的石料，要从外地运来或在本地加工；修好皇宫后剩下的废料污土要运出城外。丁渭深知工程浩大，所以愁眉不展。

怎样完成这个浩大的工程呢？丁渭在冥思苦想。如果能统一筹划，在实施第一步工程的同时，为第二步工作做好准备；进行第二步时，又为第三步打下基础……这样环环相扣，各项工作互相补充和互相依存，就可以达到既快又好的目的了。经过精心策划，他制定了以下的统筹方案，实施建设。

开工第一步，丁渭就命令民工"借道挖沟铺基烧砖"。在城里通往城外的皇城大道取大道上的土，用来铺设皇宫的地基。土沿着大道运来，没几天就把地基铺好了；其中一部分土用于烧砖备料。同时，大道变成了又宽又深的大沟。

第二步是"开河引水运石取料"。就是把取土造成的大沟与城外的汴水即汴河挖通，使原来的大道即现在的大沟变成了一条和汴水连通的小河。这样，外地的大批建筑材料就可以用竹木排筏和船沿着这"汴水－小河"系统一直运到工地，而且单件重量很大的石料用船运也不用发愁了。这样，工程建设日夜不停，进展顺利，很快就完工了。

最后，皇宫建成了，丁渭命令"断水清场填沟筑道"。就是把汴水与大沟截断，在大沟排干水之后，就把现场清理的一切废料和垃圾等全部填进大沟，夯筑密实。很快，大沟"又摇身一变"——成了一条在原来位置的新皇城大道。

丁渭的这一"锦囊妙计"创造了投资少、工期短和质量好的建设奇迹。

丁渭之所以有这"锦囊妙计"，是因为他用了优选统筹方法中的统筹方法。优选统筹方法分为优选方法和统筹方法两种。

当然，1 000 年前，世界上还没有这些专门的科学名词和系统的理论，但我们的祖先却能在实际中运用它的思想，这是很了不起的。

沈括

几十年以后，比丁渭小 65 岁的北宋科学家沈括（1031—1095），在他的名著《梦溪笔谈·权智》中记录了"丁渭造皇宫"这件事，称赞为"一举而三役济，计省费以亿计"。

这个故事给我们的哲理是，只要开动脑筋，依靠科学的方法，总可以找到最好的途径。

用现在流行的话来说，"丁渭造皇宫"的设计与施工方案，是一项

"系统工程"。包括整体方案的"优化设计"，沟渠的勘察，挖沟出土量及堆放的设计，沟渠本身防塌方的工程安全质量设计，汴河放水的把控，临时码头的施工，施工结束后沟渠排水方案，回填工程垃圾及压实方案等等。

在丁渭之后大约900年的1957年左右，"系统工程"一词在世界上"横空出世"，在1960年左右形成体系。于是，丁渭的大名出现在系统工程学的开篇。中国是最早应用系统工程的国家，丁渭是系统工程的鼻祖。

何必重新测量
——詹天佑"自讨苦吃"

"既然不信任人家，自己还要测一次，又何必叫我们测量呢？"

有人在背后埋怨担任京张铁路总工程师的詹天佑（1861—1919）。

清朝末年，中国铁路公司虽然已经营着几条铁路线，但都是官僚买办依附于帝国主义开办的，公司的大权控制在外国人的手中。

1904 年，清朝政府准备修建北京到张家口的铁路。张家口是北京西北的军事重镇，又是通往内蒙古的商旅交易的要道，因此，建造这条铁路，在各方面至关重要。俄国和英国都垂涎三尺，竞相争夺筑路权和经营权。他们争吵了好久，双方僵持不下，最后怄气达成协议：如果京张铁路由中国人自己建造，他们将一概

詹天佑

不加过问。在这种情况下，清政府才被迫决定由中国自己修建京张铁路。

詹天佑知道修建京张铁路受到帝国主义列强的刁难，不由怒火中烧，毅然挺身而出，主动请求承担主持修建这条铁路的任务。1905 年 5 月，清政府正式任命詹天佑担任修建京张铁路总办兼总工程师。

从北京到张家口有 200 多千米，地形复杂，山势险要。詹天佑受命后，立即带领工程技术人员投入紧张的选线测量工作……

听到前面那埋怨他的话以后，詹天佑不但没有生气，反而诚恳地

对埋怨的人说："多一个人复查，可以避免错误。这是我们中国人自己修建的铁路，责任实在太大了，一定要把它修好。"他还时常告诫属下说："全世界的眼睛都注视着我们。不论成败，都不是我们个人自己的事，而是国家的事。精确是工程技术的第一个要求，像'大概'和'差不多'这类提法，不应该出自我们工程技术人员之口。"

经过三四个月勘测和定线，京张铁路于 1905 年 8 月破土动工。在战胜了无数困难之后，这条铁路于 1909 年 9 月 24 日全线胜利通车。

全长 201.2（一说 201.7）千米的京张铁路，比原计划提前两年完成，节省 28 万（一说 35.6 万）多两银子。中国自己修建的第一条铁路的胜利通车，大长中国人民志气。杰出的铁路工程师詹天佑功不可没。

好个"多一个人复查，可以避免错误。"——早一点"自讨苦吃"，是为了避免以后讨更大的苦吃。其实，这是任何一个科学家的基本素质，也是科学研究和其他一切活动的重要要求。"早讨苦吃"、"差之毫厘，谬以千里"和"智者千虑，必有一失"的哲理，任何成功者不可或缺。

事实上，许多本来复查一下就完全可以避免的事故，却因为没有及时复查，结果悲剧般地发生了，道理就在这里。

事实上，科学家们都是一些"斤斤计较"和"自讨苦吃"的人——这类事实不胜枚举。

水的沸点是 100℃，这个整数"多好"！可是，国际度量衡委员会偏偏要在 1989 年发出正式通知：从 1990 年 1 月 1 日起，在标准大气压下，水的沸点修正为 99.975℃。

光在真空中的速度是 30 万千米/秒，这个整数也很妙！可是，科学家们却要把它测来测去。结果从丹麦天文学家罗默（1644—1710）开始，则先后测了 300 多年，最终在 1983 年 10 月，由第 17 届国际计量大会确定为一个"不妙"的非整数——299 792 458 米/秒。

诺曼底登陆和冤死的布鲁克
——军人也要懂科技

第二次世界大战期间的 1941 年 12 月，希特勒命令德军从挪威到西班牙的大西洋沿岸，开始构筑被称为"大西洋壁垒"的防线，妄图依仗海峡天险抵挡预料中的英美联军登陆。防线中设置的雷达密如蜘蛛网，以密切监视联军的飞机和军舰的活动。

1944 年 6 月 6 日，为配合苏军开辟"第二战场"，最后打败纳粹德国，联军在法国西北部的诺曼底进行了著名的"诺曼底登陆"战役——它是"霸王"行动的组成部分。

英美联军在诺曼底登陆

为了不让德军知道登陆的确切地点，联军于 6 月 5 日晚上在多佛尔海峡组织了一次大规模的电子干扰佯攻。在夜幕的掩护下，联军在加莱方向出动了大量的舰艇。舰艇上装载有角反射器——它有很强的反射电波的能力，并拖着涂有铝粉的亮晶晶的大气球。这样，德军雷达观察员就误认为联军的大型军舰来了。

联军还用飞机在天上抛撒了许多银灰色的铝箔条，这又造成有大批飞机掩护联军登陆的假象。

另外，联军还在附近海岸空投人体模型来模拟空降伞兵部队，又用一小批装有干扰机和投放铝箔条的飞机，模拟成飞向德军驻地的大规模轰炸机群。

联军的干扰时间长达三四个小时，成功地欺骗了德军的"眼睛"。于是，德军调集大量部队、舰船和飞机在加莱等地区重新设置新防线。

那德军为什么会上当呢？原来，这些从天而降的大量铝粉或铝箔条，和飞机、军舰上的金属一样，也能反射德军发出的无线电波。德军雷达接收到铝粉或铝箔条反射回来的这些无线电波以后，就误以为是飞机和军舰来了。

在调虎离山成功以后，6月6日晨1时，以后来在1953—1960年担任美国总统的艾森豪威尔（1890—1969）为最高司令的联军，向诺曼底半岛发动了闪电战……

7月24日，诺曼底登陆战役以联军的胜利结束。

当然，诺曼底登陆远不止用"铝欺骗"来调虎离山这一个欺骗计谋。于是，英国首相丘吉尔在提起这"与狼共舞"的时候，曾幽默而不无得意地说："战争中的真理是如此宝贵，以致要用谎言来捍卫。"

同样是在第二次世界大战中，还有另外一个苏德战场上的无线电波的故事。

在纳粹德国的众多年轻报务员中，有一个学生出生的青年，名叫布鲁克。由于他勤奋好学和工作认真，很快就调到前线兵团团部工作。

一天，布鲁克正在前线军团无线电台工作室值班。前沿战火纷飞、杀声震天，报告战果，下达命令，都由报务员来完

苏联当年的 kohyc 型测高雷达

成。整个工作室一片嘈杂，无线电的呼叫声和机器的运转声交织在一起，显得特别忙乱。一会儿收报，一会儿发报——布鲁克忠于职守，忙得不亦乐乎。

"布鲁克，快！"

这时，一位德军参谋长送来一份特急电文，要布鲁克将其他电文放一放，先把这份命令前沿部队马上从阵地上撤下来的特急电文发出去。

就在这个命令将要发出去的紧急关头，突然无线电的耳机里一点声音也没有了。

"哎呀！耳机怎么成了'哑巴'了？"布鲁克急忙检查各种仪器。但是，仪器运转十分正常。

耳机中一点也没有声音，命令怎么下达？布鲁克继续声嘶力竭地呼叫着，嗓子都喊哑了。不过，无线电台仍然毫无反应。

布鲁克又赶紧旋动旋钮，接着又改变了频率。但是，情况依然是"外甥打灯笼——照舅（旧）"。

…………

几分钟以后，与军团司令部联系不上的前沿德军不知所措，最终整个师团一个不漏地被俘虏。战役也以德军失败告终。

战役结束以后，布鲁克被德军军事法庭判处死刑，立即执行。最后，在布鲁克的"冤枉！冤枉！"声之后，他"糊里糊涂"到了地狱。

布鲁克的"糊里糊涂"，不是他不明白他没能发出命令，而在于他——还有军事当局都不知道，太阳耀斑爆发以后，太阳发出的各种射线如"神兵天降"，无线电波彻底受到了干扰，于是耳机就鸦雀无声了……

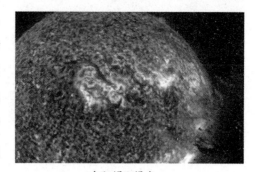

太阳耀斑爆发

这两个故事给我们的哲理不完全相同，但以下两点却是相同的：人的主观能动性在战争中多么重要；科技在现代战争中多么重要，而且当没有认识到它们——例如金属铝也反射电波和太阳耀斑对无线电波的干扰的时候，就会打败仗。

当然，庆幸的是别人而不是我们犯了错误。于是，有了我们在今天沉重而轻松地回顾那段 70 多年前的历史的机会……

质疑"权威"和"常识"之后
——氢磨损效应的发现

在机械传动部件的转动处加润滑油，这是使用机器的常识，也被写进了机器的使用管理的条文中。

机器零件之间摩擦生热产生的高温，使机器发生磨损。为了降低磨损，就要加润滑油，延长机器的使用寿命。自古以来，人们都是这样做的，谁也没有怀疑过。

可是，到了20世纪60年代初，有两位苏联某飞机制造厂的青年航空工程师，却对此发生了疑问。他俩是加尔库诺夫和克拉格尔斯基。

当时，这两位青年人在维修飞机起落架传动部件的时候，经常看到零件的摩擦部位会出现一层极薄的黄中透红的铜膜——铝青铜合金因为机械磨损而产生。按照维修条例，对这种铜的沉积物应及时擦去，以保证部件正常运转。

为了提高抗磨强度，他俩决定用锡磷青铜合金替代铝青铜合金，来制作起落架传动部件。

可是，当他俩将部件装上飞机试用以后，黄中透红的铜膜还是出现了。再把它擦去，但使用一段时间之后，又出现了铜膜，即使改用最新型的合金，铜膜也会"如期而至"。

这是什么原因呢？他俩对有铜膜的传动部件进行了仔细观察。结果发现，铜膜出现以后，部件的表面比出厂的时候更细腻了，摩擦也减轻了。他们分析，可能是合金部件摩擦析出了铜离子，在部件表面生成了薄膜，这种合金的"自组织现象"能大大减轻磨损。

为了证实自己的观点，他俩对一些可以终年运转的电器进行了研究。研究对象是两个：可以不舍昼夜地工作 10 年，而摩擦部件从来不需要维修的优质的电冰箱；可连续运转的高档电扇。

他俩研究的电冰箱，是一台新的西门子牌电冰箱。开始，看不出什么变化。3 年以后，在空气压缩机的曲轴颈、活塞和轴承上，出现了黄色的金属膜——一些铜原子。它们来自冷凝器的铜管壁——在冷却液的作用下，一些铜原子被析出附着在部件上。正是这层铜膜的保护，减轻了冰箱传动部件的磨损，保证冰箱能多年连续自动运转。

对高档电扇的电机轴承的观察，也发现有金属膜——经过分析，是一层钒。

就这样，经过几年的观察和分析研究，这两位年轻人发现了合金的"无磨损效应"——只要是含有铜、金、银、钒和钴的合金，在摩擦时就会出现金属原子的选择性转移，使部件表面由粗糙变得光滑，从而大大减轻磨损。

1964 年，他俩向俄罗斯国家发现和发明委员会申报了发现无磨损效应的专利。但是，由于他们的观点与传统的摩擦理论完全相悖，"权威"们也开口了："无稽之谈！"

"谁也不能阻挡——我对真理的向往……"可贵的是，虽然"大人物"说"不"，但却并没有影响这两个"小人物"探索科学真理的决心——他俩相信事实。显然，下一步就应该探索事实的起因——无磨损效应的原理。通过继续研究，他们得出下面的结论。

转动部件摩擦产生的高温，会使金属表面变软，这让金属产生了一种特殊的波，这种波将铜原子选择性地转移到摩擦面上。零件表面温度的剧烈变化，又松动了化学键，使晶格变形后一些电子跑了出来，加快了部件的老化和磨损过程。

那么，是什么东西把电子挤出来的呢？经过研究分析，他俩认为是氢。

现在的问题是，氢是怎样进入金属内部的？

他俩进一步的研究发现，氢并不都是从外界渗入金属内部的。以钢材为例，在钢铁的冶炼过程中，要加上各种辅助材料，例如石灰和萤石等，作为炉衬的耐火材料，它们都会使钢水中混入氢，等等。总之，在冶炼金属的过程中，无处不在的氢就进入了金属的内部；在成型的部件进行热处理和镀膜的时候，也有氢钻进金属中。

在摩擦生热的时候，活泼的氢将电子释放出来成为离子。氢离子的化学尺寸很小。这个"小不点"在合金中就可以"来去自由"，引起部件内部损伤——晶格变形，使金属疲劳产生裂缝，从而使曲轴、凸轮和轴承等受力最大的部件受到伤害。

原子的选择性转移，能填补氢离子造成的缝隙，在传动部件表面生成的金属离子膜，又使零件表面变得光洁，堵塞了裂缝，使空气和水汽中的氢无法再进入金属内部，这就产生了无磨损效应。当然，这种效应只限定在含有铜、金、银、钒和钴等金属的合金中。

他俩根据自己的发现，在传统的润滑油中加入金属添加剂。这"怪招"果然大大延长了机器传动部件的使用寿命，开创了无磨损轴承的新天地。

1990年，在距他俩的新发现20多年以后，加尔库诺夫又向俄罗斯国家发现和发明委员会提出发现专利申请。这次，专家们再也没有说"不"——委员会为这一现象确认的名称是"氢磨损效应"。在这"冬去春来"的时候，满头银发的加尔库诺夫手捧专利证书，到莫斯科郊外的墓地上，向老朋友报告这一迟到的喜讯——此时克拉格尔斯基已经去世。克拉格尔斯基的另一贡献是，在1939年就统一了争论很久的关于摩擦的"凹凸说"和"分子说"，从而提出了一套"分子－机械理论学说"。这种学说认为，摩擦具有二重性：它不仅要克服摩擦的两表面分子相互吸引所产生的作用力，还要克服由于表面粗糙互相啮合而发生变形所引起的机械阻力。

现在，氢磨损效应的原理已经得到世界的公认，无磨损技术也已在机器制造业中被广泛应用。在飞机、汽车、机床和船舶等的传动装置上，无磨损零件使机器的寿命成倍延长。汽车内燃机的氢磨损，一直是一个难题，现在跨国汽车厂商都采用了这一技术，使汽车的机械性能大幅度提高。

目前，按这一原理生产出的新型润滑剂已发展到第三代，聚酯抗燃液、固体粒子膜润滑剂和锂基润滑剂，在各种传动部件上被广泛地应用。例如，中国生产的水剂型润滑剂，以含金属离子的天然海水为原料，战胜氢磨损，达到了世界先进水平。

歌德

世界上的万事万物之间都有这样或那样的联系，这是一个哲理。在一定的条件下，坏事可以向好事转化——氢磨损了金属，但在特殊金属的参与下，能量又使离子发生选择性转移，机器就自动治疗了创伤。

两位青年科学家不迷信"权威"而相信事实，不囿于"常识"而敢于创新，是又一个哲理。这正如德国思想家歌德（1749—1832）所说："我们的忠言是：每个人都应该坚持走他为自己开辟的道路，不被权威所吓倒，不受行时的观点所牵制，也不被时尚所迷惑。"

"魔鬼"也可变"仙女"
——又恨又爱的静电

"轰！轰！轰！"

1979 年 8 月的一天，连续三次剧烈的爆炸声，把中国某厂的工人惊得目瞪口呆——而他们看到的，是精密车间里的一片火海。

原来，在这个厂的精密车间做大扫除的时候，工人们为了把水磨石地面上的油污擦净，就把航空汽油淋洒在地面上，再用拖布擦拭。但是，正当他们欢快地哼着"嘉陵江上迎朝阳，昆仑山下送晚霞"而轻松劳动的时候，爆炸声响了……

虽经奋力抢救，还是发生了死伤数人的重大事故。

这种事故不只是发生在工厂中。

1967 年春的一天，侵越美军的一架满载伤员的飞机，马上就要在越南西贡市机场降落了。在快要接近地面的时候，突然一声山崩地裂一般的巨响，结果机毁人亡……

情报专家、武器专家和机械专家们赶到现场，调查爆炸原因。

那么，这两起爆炸的"凶手"是谁呢？经过科研人员的认真鉴定，原来"凶手"是被大家忽略了的静电！例如，后一起爆炸就是由飞行员身上的化纤毛衣产生的静电引起的。原来，这个飞行员从危险的前线"回家"，心情舒畅，就在快着陆机舱温度较高的时候，脱去化纤毛衣，从而和身体摩擦产生静电。

"罪魁祸首"静电要成功爆炸"作案"，必须具备三个条件：有易燃易爆物，有火源并能点燃这些物质，点燃后会造成破坏。车间里已具备前两条。这时，一位女工穿着一双新的泡沫塑料凉鞋，走路时产生的电荷泄放不掉，人体电位越来越高。当她走近一条立在地面上的铁管，在她的脚触及铁管的刹那间，人体的静电对地放电，静电火花点燃了室内的汽油蒸汽……

固体绝缘材料受到摩擦后会起电，是人们熟知的现象。天气干燥时，脱化纤衣服时，能听到噼啪放电声，黑暗中还可看到放电火花。走路的时候，塑料鞋与地面摩擦，也会起电。这类现象，天天都有。例如，一位工人脱下工作服，想洗去上面的油污，就扔进一盆汽油内，顿时衣落火起——工作服上的静电对汽油发生放电火花，点燃了汽油。

在工业生产中，要处理大量的绝缘物——例如油品、试剂、塑料、火药、橡胶、硫黄，乃至纸张、果壳或药品等，如果处理量过大，都会产生很强的静电。

要想使绝缘物不产生静电，几乎是不可能的。

那么，该怎样防止静电灾害呢？

一般来说，介质起电跟介质的性质、流动速度、介质与其他物体接触面的压力等有关；放电火花的强弱还跟介质的数量、设备的结构等因素有关。因此，就可以通过适当降低流速、减小接触压力、减少介质流通和改进设备结构等方法，减少介质的起电和减弱放电火花。

另外，任何易燃易爆物质都存在一个"最小放电点火能"，当静电火花的能量低于它的时候，介质就不会被点燃。因此，我们就可以在事前减小静电火花的能量，避免静电灾害。例如，有的载货汽车，就在后面拖着一条铁链"尾巴"，随时泄放静电——它是因绝缘的橡胶轮胎和干燥地面摩擦而产生的。

当然，消除静电危害是一个世界性的难题。在这方面，中国科学工作者做出了重要的贡献。1999 年，静电与电磁防护工程专家、中国静电安全工程学科的奠基者和开拓者刘尚合（1937— ）教授荣获国家科技进步奖的一等奖（1998 年度），当选为中国工程院院士。他获奖的项目——防静电危害技术研究，就是这些重要的贡献之一。

刘尚合

1983 年，在军械工程学院教授物理教学课的刘尚合，曾被一连串静电灾难震惊：中国北方某厂的静电爆炸造成 27 死 235 伤，工厂变成废墟；之后不到 3 周，荷兰等国的 3 艘 20 万吨油轮相继因静电爆炸，葬身鱼腹。于是，他怀着沉甸甸的责任感，放弃了已经从事了 10 多年的半导体离子注入研究，毅然迈入"静电与弹药"这个危险而陌生的领域。经过 10 多年的艰苦奋斗，终于等来了"秋收的季节"，赢得了"鲜花和掌声"。

讲到这里，你也许会认为静电只是一个不折不扣的"魔鬼"。其实，这个"魔鬼"也是一个能做好事的"仙女"哩！

科学家经研究发现，高压静电场中的物质，温度会降低——这就是"静电冷却现象"。20 世纪 70 年代，美国就利用这个现象发明了"静电焊接冷却技术"。把这个技术用在飞机的翼销焊接中，不但提高了焊接质量，还简化了焊接工艺。这个技术还用在金刚石刀具上，用来降低切削时的温度，从而延长它的使用寿命。此外，用等离子方法在材料表面进行熔融金属沉积的时候，也可以用这个技术来迅速冷却这些熔融金属，使得材料表面的敷层分布均匀，消除收缩空隙。

让灰尘带电，再用"异种电荷互相吸引"的原理，把这些灰尘吸走，就制成了静电捕集烟尘器。用它吸尘，可以净化空气而保护环境，回收有用物质。

此外，这个"仙女"还在许多领域大显神通。例如，采用静电复印机可大大提高复制速度。用静电可以选矿和选种，还有静电植绒、静电防腐、静电冷却、静电集尘、静电除垢、静电涂敷（例如油、油漆）和静电分离等。静电离合器也是静电的应用之一。而在 2006 年下半年，日本科研人员则架起高压静电网，来杀灭试图入侵温室的害虫。

这种杀虫方法不但效率高（入侵的害虫90%被吸附在静电网上被饿死），而且减少农药用量，利于环保。

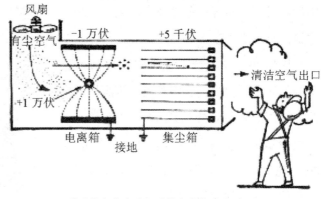

利用静电集尘原理的静电空气净化器

研究静电的功过和对策，是现代静电学的主要内容。

"魔鬼"可以变成"仙女"，"仙女"就是"魔鬼"的另一个侧面；这是科学的哲理，也是全部生活的真理。剧毒的砒霜不是一种中药吗？一个硬币不是有两个面吗？